ハヤカワ・[illegible]リ文庫

〈HM⑩-32〉

秘められた貌

ロバート・B・パーカー

山本　博訳

早川書房

6740

HIGH PROFILE
by
Robert B. Parker

Translated by
Hiroshi Yamamoto
Published 2010 in Japan by
HAYAKAWA PUBLISHING, INC.
This book is published in Japan by
arrangement with
THE HELEN BRANN AGENCY, INC.
through TUTTLE-MORI AGENCY, INC., TOKYO.

死の運命からも見逃される
ジョウンへ

秘められた貌

登場人物

ジェッシイ・ストーン……………………パラダイスの警察署長
ジェン………………………………………ジェッシイの別れた妻
スーツケース・シンプソン
モリイ・クレイン
アーサー・アングストロム
ピーター・パーキンス
………パラダイス警察の署員
ウォルトン・ウィークス……………テレビ・スター
ローリー……………………………………ウォルトンの妻
コンラッド・ルッツ………………………ウォルトンのボディガード
ケアリー・ロングリー……………………ウォルトンのアシスタント
トム・ノーラン……………………………ウォルトンのマネージャー
アラン・ヘンドリックス…………………ウォルトンの調査員
サム・ゲイツ………………………………ウォルトンの弁護士
ステファニー・ウィークス………………ウォルトンの前妻
エレン・ミリオーレ………………………ウォルトンの最初の妻
ディックス…………………………………ジェッシイのカウンセラー
ローザ・サンチェス………………………ニューヨーク市警の刑事
ヒーリイ……………………………………州警察の警部
サニー・ランドル…………………………私立探偵

1

春になると、ジェッシイはいつも驚かされる。パラダイスに来て何年にもなるのに、ノースイーストの春が毎年どんなに美しいかを、つい忘れているからだ。今、港を見渡せるインディアン・ヒルの公園の、ほころび始めた花々と若葉の中に立って、一本の木の枝で首を吊っている死んだ男を見ていた。

ピーター・パーキンスが写真を撮り、スーツケース・シンプソンが犯行現場のテープを張り巡らしながら、野次馬を追い払っていた。モリイ・クレインはパトカーの中で、ジョギング・ウエアを着た女の話を手帳に書きとっている。

「首の骨は折れていないようだ」ジェッシイが言った。

パーキンスが頷いた。

「両手も縛られていない」ジェッシイが言った。

パーキンスが頷いた。

「飛び降りる時の台になるものがないな」ジェッシイが言った。「ひょっとして木に登って、枝から飛び降りたか」

パーキンスが頷いた。

「コートの前を開けて下さい」ピーター・パーキンスが言った。

ジェッシイがレインコートの前を開けた。コートの下のアーガイル柄のセーターは、乾いた血で黒ずみ、ごわごわになっていた。

「これで自殺説は消えたな」ジェッシイが言った。

「検死官が教えてくれるでしょうけど」パーキンスが言った。「吊るされる前に、もう死んでいたと思いますね」

ジェッシイは、地面を見ながらその辺りを歩き回った。ある地点でしゃがみこみ、草をじっと見た。

「撃ち殺しておいて」ジェッシイが言った。「ここまで引きずってきて……」

「そう言えば、署長は西海岸で育ったんでしたね」パーキンスが言った。

ジェッシイはニヤッとすると、地面を見下ろす姿勢を変えないで木の方に歩いていった。

「ロープを首に巻き……」

ジェッシイは、死体を見上げた。

「ロープを木の枝に投げて、死体を引っ張り上げ、木の幹にロープを縛り付ける」

「大男ですね」パーキンスが言った。

「二百ポンドぐらいかな？」ジェッシイが言った。

パーキンスは、死体を測るように見て、頷いた。

「本体重量《デッド・ウェイト》で」パーキンスが言った。

「そういう言い方もある」ジェッシイが言った。

「たぶん、一人でやったんじゃないでしょう」パーキンスが言った。

ジェッシイが頷いた。

「身元がわかるものは？」

「何もないです」パーキンスが言った。「財布も何もない」

パラダイスのパトカーがもう一台、青いライトを回転させながら止まり、アーサー・アングストロムが降りてきた。

「誰か署の留守番をしている者はいるのか？」ジェッシイが言った。

アングストロムは、ぶら下がった死体を見ている。

「マグワイアがいます」アングストロムが言った。「自殺ですか？」

「そうだといいんだが」ジェッシイが言った。

アングストロムのパトカーの青いライトがつきっぱなしだ。

「では、殺人？」アングストロムがきいた。

「詳しいことは、ピーター・パーキンスが説明してくれる」ジェッシイが言った。「ライトを消してからだ」

アングストロムは、パトカーをチラッと見てから、文句を言いたそうにジェッシイをしばし見ていた。ジェッシイが見返した。アングストロムは、戻ってライトを消した。

「車のキーは？」ジェッシイがきいた。

「ありません」

「じゃあ、彼はどうやってここに来たんだ？」

「歩いたんでしょうか？」パーキンスが言った。

アングストロムが話に加わった。

「あるいは、殺人者たちと一緒に来た」ジェッシイが言った。

「あるいは、ここで殺人者たちと待ち合わせ」パーキンスが言った。「殺人者の一人が、この男の首を吊ってからその車を持ち去った」

「あるいは、タクシーを使った」ジェッシイが言った。

「そこは俺がチェックできます」アングストロムが言った。

ジェッシイが腕時計を見た。

「八時三十分」彼が言った。「もう町のタクシーは営業しているはずだ」

「電話してみます」アーサーが言った。「俺、配車係を知ってますから」

「アーサー、あんたは警察官だ。配車係を知ってる必要はない」

「はい」アングストロムが言った。「そうですね」

彼は自分の車の方に歩いていき、ジェッシイがその姿を見ていた。

「アーサーは、自分が警察官であることに、ちっとも慣れていないですね」ピーター・パーキンスが言った。

「アーサーは、アーサーであることにも、十分に慣れていないんだ」ジェッシイが言った。

2

ジェッシイは、パトカーの後部座席に滑りこんだ。モリイが若い女と話をしている。

「こちらはケイト・マーホニーさん」モリイが言った。「死体の発見者です」

「ジェッシイ・ストーンです」

「署長さんね」女が言った。

「そうです」ジェッシイが言った。「大丈夫ですか？」

女は頷いた。膝の上に中年のビーグル犬を抱いている。

「大丈夫ですわ」

ジェッシイがモリイを見た。モリイが頷いた。ええ、彼女は大丈夫よ。ジェッシイは、ビーグル犬の耳の後ろを掻いてやった。

「見たことを話してください」ジェッシイが言った。

「この方にお話ししたばかりですけど」

彼女は、三十歳ぐらい。茶色の髪を野球帽の中にたくしこんでいる。ブルーのスエットパンツに白のTシャツと凝ったランニングシューズ。ジェッシイが頷いた。

「わかっています」彼が言った。「警察は官僚的なんですよ。走っていたのですか？」

「ええ。毎朝、朝食の前に走っています」

「結構ですな」ジェッシイが言った。「いつも、ここを走るのですか？」

「ええ。丘が好きですから」

「それで、いつものように、今朝もここまで走ってきて……」

「見つけたんです……」彼女は、一瞬目を閉じた。「そこで首を吊っているのを」

ジェッシイは、黙っていた。女はちょっと首を振り、目を開けた。

「他に誰か見ませんでしたか？」

「いいえ。ただ……」

彼女が、右手を回すような仕草をした。ビーグルが、わずかに耳をそばだてて、その動きを見守った。

「ただ見たのは、木にぶら下がった男だけだったんですね？」

「ええ」

「その男が誰だか知っていますか？」

「いいえ。実はちゃんと見てないんです。一目見て、逃げ出して、携帯で九一九に電話したんです」

「それで、われわれが来たわけだ」

「見たくありません」

「見る必要はありませんわ」ジェッシイが言った。「他に、誰がこんなことをしたのか、われわれが探り出す手がかりとなるようなことをご存じないでしょうか？」

「こんなことをした？　自殺じゃないんですか？」

「違います」

「殺人なんですか？」

「そうです」

「まあ、どうしましょう」彼女が言った。「面倒なことはごめんです」

「あなたは死体を発見しただけです。面倒なことにはなりません」

「証言しなければならないんでしょうか？」

「わたしが決めることではありません」ジェッシイが言った。「しかし、モリィかわたしが証言できないことで、あなたが証言できるようなことはあまりないでしょう」

「面倒なことに巻きこまれたくないんです」

「大丈夫ですよ」ジェッシイが言った。「約束します」

女は犬を抱きしめ、頭のてっぺんに自分の顔を押しつけた。

「あなたも犬も大丈夫ですよ」ジェッシイが言った。「クレイン巡査が、車でお送りします」

女は、犬の頭に頬を押しつけたまま頷いた。犬は不安そうだった。ジェッシイは、女に名刺を渡した。

「何か思いつかれたら」ジェッシイが言った。「あるいは、何か気になるような事がありましたら、電話をください。クレイン巡査にかけてくださってもいいですよ」

女が頷いた。ジェッシイは、ビーグルの顎の下を掻いてやり、車を降りた。

3

ジェッシイは、詰所で、モリィ・クレイン、スーツケース・シンプソン、ピーター・パーキンスと一緒にコーヒーを飲んでいた。

「今、死体は州の鑑識です」ピーター・パーキンスが言った。「連中は、死体から指紋を採って調べるでしょう。解剖はまだですが、絶対、射殺という結果が出ますよ。弾の出口の傷は見あたらなかった。だから、解剖すれば、中に銃弾が入っているに決まってます」

「きっと、昨日の夜やったんですね」スーツケースが言った。「つまり、あの公園には一日中人がいる。あそこで首を吊っていて、長い間誰にも見つからないってことはないでしょう」

ジェッシイが頷き、ピーター・パーキンスをチラッと見た。

「俺は、死体をあまり見たことがないし」パーキンスが言った。「ましてや、木からぶら下がっているのなんて、ほとんど見たことがない。でも、あの男は、もっと前に死んでいたようです」

ジェッシイが頷いた。

「それに……」ピーター・パーキンスがモリイをチラッと見た。

「それに、あの男は臭っていました」モリイが言った。「わたしも気づきました」

ジェッシイが頷いた。

「そのうえ、男の身体以外に血痕が見あたらない。もしあの場所で撃たれてから吊るされたのなら、出血して地面に血痕が残るはずだ」スーツケースが言った。

「だから」ジェッシイが続けた。「男は、どこか別のところで撃たれ、しばらく保管されていた。それから、やつらが、あの丘に持っていって吊るした」

「犯人は、二人以上だと思っているのですか？」モリイがきいた。

「二百ポンドもある死体を一人で動かし、木の枝まで吊り上げるのは難しいだろう」ジェッシイが言った。

「でも、不可能じゃないわ」モリイが言った。

「そうだな」ジェッシイが言った。

彼らは、みな沈黙した。

「失踪の届けはないのか？」ジェッシイが言った。

「ありません」モリイが言った。

「他に何でもいいから知っている者はいないのか？」

「俺が尋ねた中では、誰もいません」スーツケースが言った。

モリイ・クレインとピーター・パーキンスが、首を振った。

「あの男を知っていたとしても」シンプソンが言った。「今じゃ、誰だかちょっとわかりにくいです」

「ある男を撃ち殺して」ジェッシイが言った。「死体が熟し始めるまで保管し、それから木に吊るしたのは、どういうわけか、推測できる者は？」

「象徴」モリイが言った。「犯人は、きっと何かの象徴にしたいんです」

ジェッシイは待った。

「犯人があの男を誰かに発見してもらいたかったのは、確かです」スーツケースが言った。

「しかし、なぜわざわざ首吊りにした？」ピーター・パーキンスが言った。

スーツケースが首を振った。ジェッシイがモリイを見た。彼女も首を振った。

「パーク」ジェッシイが言った。「何か考えは？」

パーキンスが首を振った。

「よろしい」ジェッシイが言った。「今は、科学捜査班の報告を待つとしよう」

「何かが持ち上がらない限り」スーツケースが言った。

「そうだな」ジェッシイが言った。

4

ディックスは、いつもと変わらず輝いていた。白いシャツは糊が利いてピンとしている。ズボンは、はっきりとした折り目がつき、靴はぴかぴかに磨かれている。厚ぼったい手は清潔で、爪の手入れも行き届いている。禿《はげ》のうえにきれいに剃ってあるため、頭も光っている。オフィスの白壁には、額に入った医学部の学位証の写しと、精神医学会の免許状の他には何もかかっていない。ジェッシイが机の片側に座った。ディックスは椅子をぐるっと回して、ジェッシイに向き合った。回った後は、平らなお腹の上で両手の指を組み合わせたまま、身動き一つしなかった。

「酒のほうは、良くなっている」ジェッシイが言った。

ディックスが待った。

「しばらく断酒してみました。その後で飲んでみたら、以前よりもっと自分でコントロールができるようになった気がした」

「コントロールが完全にできるかね？」ディックスがきいた。

ジェッシイは、考えてみた。

「いや」ジェッシイが言った。「まだです」

「しかし、いくらかはできる」

「そう」

ディックスは、じっとしていた。

「きちんとコントロールができれば」ジェッシイが言った。「人生は、アルコールがあったほうがすばらしい。夕食前に、二、三杯。夕食の時にワインをグラス一杯。文化的だ」

「アルコールがないと?」ディックスが言った。

「楽しみのない日が、何日も続く」

「行動は、変えられるものだよ」ディックスが言った。

「本当の飲んだくれには、その考えは通用しないでしょう」

「ああ、それはそうだ」ディックスが言った。「しかし、わたしの経験では、変えられる」

「じゃあ、俺は自分をごまかしているわけではないんだ」

「そうかもしれないし、そうでないかもしれない」ディックスが言った。「あんたが自分をごまかしてない可能性はある」

「少しずつやるよ」ジェッシイが言った。

ディックスが微笑した。

「さて」ジェッシイが言った。「次の問題」

ディックスが待った。

「ある女に出会ったんです」ジェッシイが言った。

ディックスは黙っていた。

「完璧な女のような気がする」

ディックスが、かすかに頷いた。

「美人で、頭が良くて、セクシー。プロとしても——探偵なんだ。以前は警察官だった」

ディックスが頷いた。ジェッシイには、ディックスがこの話を認めているように思えた。

「強くて、射撃もできる。怖がらない。それに、画家でもある。油絵と水彩。ペンキ屋なんかじゃありません」

「彼女の人生には、他に誰かいないかな？」ディックスが言った。

「離婚しています。俺と同じように。そして、いまだに前夫にこだわっている」

「ほう」ディックスが言った。

ジェッシイが、彼を見てニヤッとした。

「俺みたいでしょう」

ディックスは黙っていた。小さな部屋のただ一つの窓は、青空を背景に蕾《つぼみ》をつけだした一本の木に向かって開いていた。まるで、トロンプルイユ（実物と見間違うほど精密に描写する絵画）のようだ。

ディックスとこの部屋にいると、すべてが遠い存在のように思える。

「もちろん、それが問題なのはわかっている」

「彼女は、前夫を忘れられないんだね？」ディックスがきいた。

「俺も、ジェンを忘れられない」ジェッシイが言った。

「なぜ？」

「可能性としては二つ」ジェッシイが言った。「まだ彼女を愛している。あるいは、病気」

ディックスは、再び何も言わずに微笑した。

「あるいは、その二つ」ジェッシイが言った。

「その二つは、互いに相容れないわけではない」ディックスが言った。

「しかし、俺はサニーも愛しているような気がする。それが彼女の名前なんです。サニー・ランドル」

「人は、二人以上の人間に愛情を抱くことができる」ディックスが言った。

「そういう感情はどうやって解決するんだろう？」ジェッシイが言った。

「解決する必要があるなら」ディックスが言った。「精神科医に相談する」

「うーん、何かを解決しなければならない」ジェッシイが言った。「二人と暮らしていくなんてことはできないですから」

「他に選択肢があるかもしれない」

「たとえば、どんな？」

「それは、探求しなければならない」ディックスが言った。「ジェンは、目下のところ、誰かと一緒なのか？」

「ジェンは、たいてい誰かと一緒です」

「あんたは、サニーと一夫一婦婚をしようと思っている？」

「まだ、そのことは話し合っていない」

「目下、彼女は誰かと一緒か？」

「一緒じゃないだろう」

ディックスは黙った。ジェッシイも黙っていた。窓の外で、偽物っぽく見える木々が、微風に揺れていた。

それから、ジェッシイが言った。「この話し合いは、いつもと違って、わかりやすいみたいだが」

「免許ある精神科医としては」ディックスが言った。「お恥ずかしいことだ」

5

モリィ・クレインがオフィスに入ると、ジェッシイがコーヒーをいれていた。彼女は、黄色い厚紙のフォルダーを持っていた。

「科学捜査班の報告書です」彼女が言った。「署長のために整理して、フォルダーに入れておきました」

「俺と一緒に暮らそうとは思わないか？」ジェッシイが言った。

「いいかもしれませんね」モリィが言った。「夫と相談してみましょう」

彼女は、机の上にフォルダーをおいた。ジェッシイは、コーヒー・メーカーに水を入れ、スイッチを入れた。

「何かビッグ・ニュースがあるかい？」彼が言った。

「少しだけ」モリィが言った。「死体の身元がわかりました」

ジェッシイが、机の前に座った。

「俺たちの知っている男か？」

モリイが微笑んだ。

「ウォルトン・ウィークス」モリイが言った。

「トーク番組の？」

「ええ」

「驚いたな」

「全国放送ですよね」

ジェッシイが頷いた。

「あのウォルトン・ウィークスか」

モリイが頷いた。

「うーん」モリイが言った。「誰か殺されかねない人間がいたとしたら、ウォルトンもその一人かもしれないわ」

「俺は、ウォルトンのトーク番組を聞いたことがないんだ」

モリイが言った。「あの人の意見にわたしが一致できることなんて一度もなかったわ」

「だからといって、彼が悪い人間ということにはならない」

モリイが微笑した。

「それはそうです」彼女が言った。「考えてみれば、夫とでさえ、意見が一致することなんてあまりないんですから」

「全国ネット番組について、個人的な意見を闘わすのは止めにしておこう」

モリイがしゃんとした。

「保護し、奉仕せよ」彼女が言った。

「そうだ」ジェッシイが言った。

彼は、黄色のフォルダーを取りあげ、表を見た。モリイが〈ウォルトン・ウィークス〉というラベルを付けていた。ジェッシイがため息をついた。

「連続殺人よりひどいことになりそうですね」

「マスコミの連中のことか？　もちろん、そうだ。なにしろ有名人だからな」

「ここで、何をしていたのかしら？」

「モリイ」ジェッシイが言った。「男の身元が判明したばかりだ」

「ただ、言ってみただけですよ」

「今のところはな」

彼は、フォルダーを開けて読み始めた。モリイは、しばらく見ていたが、コーヒーポットのところに行き、マグカップを二つ出して、いれたてのコーヒーを注いだ。一つをジェッシイの机の上に置き、もう一つを持って受付に戻った。

〝科学捜査班の報告書に書かれると〟ジェッシイは思った。〝どんちゃん騒ぎですら退屈なものになる〟

白人男性、五フィート十一インチ、二百三ポンド。五十歳ぐらい。被害者は肥満で、体調はよくなかったと思われる。もがいた形跡なし。すり傷は死後のものと思われる。

〝たぶん、動かして、引っ張り上げたときのものだろう〟

死因は、・三二口径の銃弾三個のいずれかによるものと思われる。被害者は出血死。おそらく死後二日目に木に吊るされた。

〝いい推理だったぞ、パーク〟

指紋により、被害者はウォルトン・ウィルソン・ウィークス。五十一歳と確認された。ジェッシイは、科学捜査班では、身元確認の前に彼の年齢を予測しただろうかと思った。腹と尻に脂肪吸引をした跡がある。

〝虚栄だな、ウォルトン――虚栄、虚栄〟

電話が鳴った。ヒーリイからだ。

「ウォルトン・ウィークスだって？」ヒーリイが言った。

「早耳だな」ジェッシイが言った。「ちょうど科学捜査班の報告書を読んでいるところだ」

「俺は、州警察殺人課の警部だからな」ヒーリイが言った。「マサチューセッツ州の」

「おう、そうだった」ジェッシイが言った。「あんたは何でも知っている」

「ウォルトン・こんちきしょう《ファッキング》・ウィークスだって？」

「ミドルネームはウイルソンだ」

「ウォルトン・ファッキング・ウイルソン・ファッキング・ウィークスか？」ヒーリイが言った。

「そうだ」

「マサチューセッツ州パラダイスの木の枝からぶら下がっていたって？」

「すごい有名人なんだ」ジェッシイが言った。

「全国ネットのテレビ番組に出ている」ヒーリイが言った。「全国ネットのラジオ番組も。全国紙のコラムにも書いている」

「それは、州警察の警部みたいに重要なのか？」ジェッシイが言った。

「いや。しかし、近いな。あんた、押しつぶされるぞ」

「たぶん、そうはならない」

「ウィークスは、知事の強力な後援者だった」ヒーリイが言った。

「大統領になりたがっているやつか？」

「ああ、そいつだ」

「だと、この事件にやたらと首を突っこんできそうだな」

「俺もだ」ヒーリイが言った。「それから、お前も」

「大助かりだ」

「できるだけ援助はするつもりだ。それから、知事があんたの邪魔をしないように、できるだけのことはしよう」

「あんたが州警察の警部だと、知事に説明してやれよ」

「それはどうかな」ヒーリィが言った。「卒倒しちまうかもしれない」

「そうだな」ジェッシイが言った。「俺すら、目眩《めまい》がしてきた」

「みんなそうなんだ」

「ウォルトン・ウィークスがここで何をしていたか、見当がつかないか？」ジェッシイがきいた。

「まだだ」

「他に何か手がかりになるようなことは？」

「何だよ」ヒーリィが言った。「これは、あんたの事件じゃないか。余計なお節介はしたくないぜ」

「ということは、知らないんだな」

「知らないどころか、皆目わからないな」

6

小さなバルコニーに向いて開け放たれたフレンチドアから、港の臭いがジェッシイのコンドミニアムに漂ってきた。ジェッシイは、スコッチ・アンド・ソーダを入れたトールグラスを持ってバルコニーに出て、立ったまま港を眺めた。闇が辺りを覆い始めたが、まだすべてを包みこんではいなかった。港の向こうにパラダイス・ネックが見える。その先がスタイルス島だ。スコッチを啜った。左手の方から、波止場のレストラン〈グレイ・ガル〉の微かな音楽と話し声が聞こえる。港では、係留している二、三隻の船に明かりがともり、人々がカクテルパーティをしている。彼はスコッチを啜った。カクテル・アワーだ。意識が集中してくるのが感じられた。サニー・ランドルのことを考えた。ウォルトン・ウィークスの件さえ起きなければ、今度の週末に会うことになっていた。世の中には二人の女と恋に陥るより、もっと悪いことがある。一人も恋する相手がいないよりよほどいい。サニーは、彼にとって完璧な相手だった。ジェンはそうではない。ジェンは、未だに、男に弱くて自分のことばかりに夢中になっている思春期の娘だ。そんな歳はとうに過ぎているはずなんだ。ロサンゼルスで彼を裏切った。ここでも裏切った。たぶん、ここらで約束を信じないことにしたほうがいいかもしれない。スコッチを飲み終わり、もう一杯作った。次第に暗くなっていく港で、底が平らで後ろが四角い小型のボートが、明るい光を放つ大型のクリス・クラフト・キャビン・クルーザーに向かって動いていた。一人の男が漕いでいる。女が船尾に腰かけていた。彼は、裸のサニーのことを考えた。それは楽しかったが、つい裸のジェンを連想し、ついでに裸のジェンが他の男といるところまで想像してしまった。喉から絞り出すような音が聞こえた。動物のうなり声のようだ。自分が出しているのに気づいた。左手にグラスを持ち、右手の人差し指と親指で銃の形を作り、親指を落として「バン」と言った。下の港では、潮が満ちてきた。ボートは潮に逆らってゆっくりと進んでいった。スコッチを少し飲んだ。サニーなら、彼だけを愛すると決心すれば、裏切ることはない。それはわかっている。二人とも忠実だろう。もし彼がサニーだけを愛すると決心すれば。そうできればと思う。しかし、できない。〝いったいジェンはどうなっているんだ？　なぜ、あんなふうなんだ？〟彼は、頭を振り、少しスコッチを飲んだ。〝見当違いの質問だ。なぜ、俺は彼女から離れられないのだ？〟グラスは空《から》になっていた。お代わりを作りに行った。グラスに注ぎながら、オジー・スミスの写真を眺めた。〝俺の見た中では最高の守備だ〟そして、いつものように思い出した。プエブロで、ダブルプレイをかわそうとして激しくスライディングし、地面にしたたかに肩を打ちつけて怪我をした晩のことを。〃オジーには絶対なれなかっただろう。でも、プロのチームでプレーするぐらいのことはできたかもしれない〃彼はバルコニーにもどった。ボートは、すでにクリス・クラフトにたどり着いていて、誰も乗っていなかった。つなぎ綱の先端で静かに揺れている。〃俺は、結構立派な警察官だ……ロサンゼルスで馘首《くび》になった時は別だが……ここに来てからも結構立派にやっている……飲んだくれにならなければな……そうなったら、一日中酔っぱらっている警察官になってしまう……俺には警察の仕事しかやれることがないんだ〃ウォルトン・ウィークスは、嫌な事件になる。そんな予感がした。カメラ、テープ・レコーダー、メモ帳、マイク、《グローブ》、《ヘラルド》、《ニューヨーク・タイムズ》、《ピープル》、《US》、《ナショナル・エンクワイヤー》……マサチューセッツ州パラダイスから生中継でお送りしました。こちらはリングリング・ブラザーズ・バーナム・アンド・ベイリーのエブリ・プリティフェイスです。ジェンは、今では調査レポーターになっている。これほど抜擢される天気キャスターは、そうはいない。ジェッシイは、彼女が女の武器を使ったとほぼ確信している。ウォルトン・ウィークス事件は、彼女を売り出すことになるだろう。彼女のことはわかっている。スクープを、内部情報を、彼女独自の視点を求めるはずだ。できれば、彼を利用するだろう。彼女のことはわかっている。彼の砦は、警察官であるということだけだ。「彼女の好きなようにはさせない」ジェッシイは声に出していった。スコッチを飲み、港をじっと見つめた。月はなかった。すでに暗すぎて、あの小型ボートは見えない。彼は、グラスを持ち上げ、グラス越しにパーティ・ボートのいまだに明るいライトを眺めた。淡い琥珀色。透明な氷。厚いグラス。彼は、海の香りのする春の宵の空気を吸いこんだ。〝最後の一杯だ。そうしたらサンドイッチを作ろう。それと、たぶん、ビールを一杯。そして寝よう〟彼は、バルコニーの闇の中に立って、ゆっくりと飲んだ。そして、バルコニーの下で静かに寄せては返している港の波に耳を傾けた。

「俺は、彼女をあきらめないぞ」彼が言った。

それから、向きを変えて部屋に入り、ドアを閉めた。

7

記者たちがプレス・テントに集まっていた。公共事業局のガレージと隣り合っている市庁舎の裏手の駐車場に急設されたのだ。簡易トイレも数台設置されている。スーパーの裏の駐車場は、機材を積んだトラックでいっぱいだ。そこには、もっと多くの簡易トイレが置かれている。毎朝九時に、市庁舎の講堂で記者会見が行なわれることになり、モリイが、会見を担当することになった。

「これは露骨な性差別ですよ」

「この署で報道陣の前に出すことができるのはきみくらいなんだ」

「あなたはどうなんです？」

「俺は、署長だ」ジェッシイが言った。

「どうしましょう」モリイが言った。「話すことなんて何もないわ」

「その通り」ジェッシイが言った。

「じゃあ、何と言ったらいいんです？」

「何も話すことはないと言えばいい」

「話すことが出てくるまで、何週間もかかるかもしれないんですよ」モリィが言った。

「それまで、毎日どうするんです？」

「連中に、きみの魅力を振りまけばいいさ」ジェッシイが言った。「完全装備のガンベルトをつけると、きみは実にかわいくなる」

「ひどい性差別主義者だわ」

「帽子を傾けて粋に見せるのもいい」

「もういいです！」モリィはそう言うと、オフィスから出ていった。

スーツケース・シンプソンがノートを持って入ってきた。

「どうしたんですか、モリイは」スーツが言った。「廊下ですれ違った時、俺に嚙みつきそうでしたよ」

「ほう」ジェッシイが言った。「想像もできない」

シンプソンが肩をすくめた。

「ウィークスについて予備調査をしました」

ジェッシイが「わかった」と言い、椅子の方に顎をしゃくった。

「後でコンピューターできれいにタイプしますが」シンプソンが言った。「今は、ええと、顕著な事実だけを説明します」

「また、受講しているのか」ジェッシイが言った。

「一週間に一度だけです」シンプソンが言った。「でも、二、三年したら、準学士を取得しますよ」

「前進と上昇だな」ジェッシイが言った。「さて、その顕著なものとは何だね?」

「彼は、一九五三年メリーランド州ゲーサーズバーグで生まれ、地元の高校に行きました。高校卒業後、ディスクジョッキーとして仕事を得、ラジオの仕事も次々と手に入れました。天気予報士としてDCに行き、やがてトークショーをやるようになり、トークショーは地方局にも配信されるようになりました。そして……その後はご存じの通りです。死んだときには、一週間に二晩、全国ネットのケーブルでトークショーをやっていました」

「〈ウォルトンのウィーク〉」ジェッシイが言った。

「そうです。それから、一週間に五日間全国ネットのラジオに出ていました」

「〈ウォルトン・ウィークス　事の真相〉」

「聞いていたのですか?」スーツが言った。

「いや」

「本も二、三冊書いています」スーツが言った。「インターネットで注文しておきました」

ジェッシイが頷いた。

「結婚は三回」

「死んだときは、結婚していたのか?」

「わたしの知ってる限りでは、ローリー・ウィークスとです」

「で、彼女はどこにいるんだ?」

「まだ、住所がわかりません」

「しかし、なぜここに来ないんだ?」ジェッシイが言った。「全国的なニュースだぞ」

スーツが肩をすくめた。

「他の妻たちは?」ジェッシイが言った。

「名前はわかりました」スーツが言った。「住所はまだです」

「子供は?」

「俺のわかる範囲ではいません」

「有名な男が、公然と死んだ。それなのに誰も現われない」

「そうでもないです」

「誰か現われたか?」ジェッシイが言った。

「ボディガードが電話してきました」スーツが言った。

「ボディガード」

「コンラッド・ルッツという男です」

「コンラッドは、しくじったな」ジェッシイが言った。「住所はわかるのか？」

「ランガム・ホテルです」スーツが言った。「ボストンの。ウィークスと一緒にそこに滞在していました」

「ポスト・オフィス・スクエアにある」ジェッシイが言った。

「たぶん」スーツが言った。「モリイが、ここに出頭するように要請しました」

「いつ？」

「できるだけ早く《ASAP》」

「報道陣が彼に群がるだろうな」ジェッシイが言った。

彼が肩をすくめた。

「だが、それが連中の仕事だ」

「ウィークスは何かを恐れていたと思いますか？」スーツが言った。「ボディガードを雇ったりして？」

「彼は、大勢の人に不快な思いをさせている有名人だ」ジェッシイが言った。

「不快な思いをしている連中が、誰だかわかればいいんですが」スーツが言った。

「コンラッドなら知っているかもしれない」

8

「ジェッシイ」電話の声が言った。「デイジー・ダイクよ。ここに来てもらいたいの」

「仕事?」ジェッシイが言った。

「ええ。でも、一人で来てくれない、こっそりと?」

「わかった。歩いて行くよ」

「ありがとう」

署の建物を出ると、報道陣の中をかきわけて進まなければならなかった。

「昼飯を食いに行くんだ」ジェッシイが言った。

他にひと言も言わず、すべての質問を無視した。デイジーのレストランまでは、徒歩十分の距離だ。三人の記者が後をついてきた。デイジーがドアのところで彼を出迎えた。大きくて強そうな女。ブロンドの髪に赤ら顔。

「まだ開店していません」デイジー・ダイクが、三人の記者に言った。ジェッシイを中に入れ、カギをかけた。

「どうしたらいいかわからなくて」デイジー・ダイクが言った。「まずあなたに話したほうがいいと思ったの」

「わかった」ジェッシイが言った。

「ゴミ容器《ダンプスター》に女がいるの」デイジーが言った。

「女」

「死んでるわ」

ジェッシイは、大きく息を吸いこむと、頭を後ろに反らして首を伸ばした。

「どうやって死んだか、わかるか？」

「とんでもない」デイジーが言った。「でも、血がついているわ」

「見てこなければならないな」ジェッシイが言った。「それから、そこから出してやって、それから……」ジェッシイが両手を広げた。「……捜査しなければならない」

「わかってるわ。ただ、記者の連中が、わたしの商売を台無しにしないか心配なのよ」

「できるかぎり、こっそりやろう」

「でも、そのうち見つかってしまうわね」

「少しずつやろう」ジェッシイが言った。「まず、連中にちょっとしたスナックを持っていって、歩道のテーブルで食べさせるんだ」

「今朝、ルバーブのスコーンを作ったわ」

「それがいい。コーヒーと一緒にあげなさい。その間に、俺は裏口からそっと出ていって女を見てこよう」

「スコーンは一つずつじゃだめかしら?」デイジーが言った。

「ああ」ジェッシイはそう言って、裏口に向かって歩いていった。

デイジーが表のドアを開ける音が聞こえるまで、戸口で待った。それから、裏に出ていった。

女はそこにいた。ゴミ容器の中で仰向けに倒れている。ゴミに囲まれて。胸の血が乾いて黒くなっている。他には目に見える血痕はなかった。そんなに年をとっていない。三十歳ぐらいか。服は高価だ。おそらく器量よしだったろう。今では、きれいではない。彼は顎を引き、彼女のブラウスを開けた。弾丸の通った穴があった。彼は頭を振った。誰か他の者に穴の数を数えてもらおう。彼は、再びブラウスを閉じ、自分の手をズボンで拭いた。

「死んでから、しばらく経過している」ジェッシイは、誰にともなく言った。

彼はレストランをチラッと見て、肩をすくめると、携帯電話を取り出した。

9

スーツケース・シンプソンが最初に到着し、レストランの裏の小道を歩いてきた。

「マーケットの裏に車を止めてきました」彼が言った。

ゴミ容器の中の死体を見た。

「死因は？」

「胸を撃たれている」ジェッシイが言った。

「どうして、こそこそやらなきゃならないんですか？」

「報道陣を避けるためさ」

「検死官のトラックが来れば、どうせ見つかりますよ」スーツが言った。「あの連中は、車を止めてこっそり入ってきたりしませんからね」

「現場を確保しろ」ジェッシイが言った。「俺はデイジーと話をしてくる」

「テープを持っていません」スーツが言った。「車に置いてきてしまいました」

「スーツ」ジェッシイが言った。「誰にも死体を触らせないようにしさえすればいいんだ。

わかったな？」

「なーんだ」スーツが言った。「そんな程度の確保でいいんですか」

ジェッシイが頷いて、レストランに戻っていった。二人のウエートレスが、ランチ用のテーブルをセットしていた。デイジーは腕を組んで立ち、窓から彼女のコーヒーを飲み、彼女のスコーンを食べている記者たちをにらんでいた。

「まったく強欲なハゲタカなんだから」彼女が言った。

「連中がいなければ、朝刊ができないんだ」ジェッシイが言った。

「あの人たち、自分の仕事をすればいいのに」

「俺たちが、連中の仕事なんだよ」ジェッシイが言った。「なにしろ、あんたのところのゴミ容器に殺人事件の被害者がいるんだからな、デイジー」

「そりゃそうね」デイジーが言った。「昼寝をするためにあそこに飛びこんだわけじゃないでしょうが」

「一時間か二時間なら、なんとか報道陣を避けられるかもしれない。だが、どのみち連中の知るところになる」

デイジーが頷いた。そして窓からじっと外を見ながら頷き続けた。

「犯罪現場だから」ジェッシイが言った。「今日は店を閉めたほうがいいかもしれない。明日には、古くさいニュースになっているだろう」

デイジーは頷き続けていた。大きな胸の上に太い腕を組み、身体を微かに揺らしている。

「あまり目立たないようにしたほうがいいかもしれない」ジェッシイが言った。

「どんなふうに？」

「たとえば、デイジー・ダイクと自己紹介しないとか」

「その名前が好きで、誇りを持っているのよ」

「当然だ。しかし、素敵な見出しができて、記者には書くスペースがたっぷり与えられる」

「わたしが殺人について何も知らなくても」

「そうだ」

「記者なんかくそ食らえだわ」

「その通り」

デイジーは、表ドアに行き、開けて言った。「ねえ、あんたたち、レストランの裏に死体があるのよ」

記者たちが顔を上げた。デイジーが、親指を建物の裏の方にグイッと向けた。

「ゴミの中に」

それから、内側のドアノブから小さなボードを外して外側にかけ、ドアを閉めた。ボードには、〈閉店〉と書かれていた。

10

ジェッシイは、スーツケース・シンプソンと一緒にオフィスで正午のニュースに出ているデイジー・ダイクを見ていた。

「確かにわたしはレズビアンですよ」デイジーが言った。「レズビアンと結婚していますし、マサチューセッツ州出身なのを誇りにしています」

「目立たないようにするのも、そのくらいでいい」スーツが言った。

電話が鳴った。ジェッシイがテレビを消した。

電話でモリイが言った。「ランドルさんからです、ジェッシイ」

「ちょっと待って」ジェッシイが言った。

スーツを見た。

「サニー・ランドルからだ」彼がスーツに言った。「たぶん、俺たちは電話でいやらしいことをしゃべるが、お前は若すぎる」

スーツが首を振った。

「いい歳なのに」彼が言って、立ち上がり、オフィスから出ていった。

「つないでくれ」ジェッシイがモリイに言った。

「わたしも電話を聞いていましょうか？」モリイが言った。

「まったく」ジェッシイが言った。「学生寮に住んでいるようだ」

「ノーということですね」モリイが言った。

すぐに、サニー・ランドルの声が聞こえた。

「ウォルトン・ウィークスですって？」

「ウォルトン・ファッキング・ウィークスだ」ジェッシイが言った。

「それとも一人」サニーが言った。「二人は関係があるの？」

「わからない。検死官はまだ考慮中だ」

「少々忙しいのかしら」彼女が言った。「パラダイスは？」

「実は、今、捜査が足踏みしているから、報道陣を避けているところだ」

「テレビでデイジー・ダイクを見たわ」

「彼女にとっては最高の時間だった」ジェッシイが言った。「今、家にいるの？」

「ええ」

「どこに行ってたの？」

「ロサンゼルス」サニーが言った。「エリン・フリント事件の未決問題を片づけるため

「クロンジェイガーが、ムーン・モナハンとそこの殺人事件とを結びつけられると言ってる」

「そうね」

「バディー・ボーレンは、証人として保護されている」

「知ってるわ」

「エージェントの友だちには会ったのかい？」

「トニイ・ゴールトのこと？　会ったわ」

「一緒に買い物に行った？」

「ロデオ・ドライブに？」サニーが言った。

ジェッシイが言った。「そう」

「たぶん、ジェレ・ジリアンのブティックとか？」

「そうだ」

「たぶん、試着室にも？」

サニーの声が、話をしているうちに、だんだん意味深になってきたようだ。

「ああ」

「いいえ」彼女が言った。「なぜ聞くの？」

「俺は警察署長だ。情報を集める」

「わたしたち、ステディになるつもりじゃないでしょ？」

「完全には」

「なろうと思えばなれるわ」

「確かに」ジェッシイが言った。

「あなたがジェンと、わたしがリッチーと別れられたらね」

「そうしたらすぐに」

「でも」サニーが言った。「ジェレ・ジリアンの試着室の至福の時間を再現してもいいかもしれないわ」

「絶対そうしたいね」

「今夜、そちらに行くわ」サニーが言った。「七時頃はいかが？」

「最初に飲むべきかな？」

「まあ、文明人を気取ったりして」サニーが言った。「リビングでわたしに飛びかかるつもりはないのね？」

「おそらく、ないね」ジェッシイが言った。「ロージーを連れてこいよ」

「もちろんよ」サニーが言った。「わたし、きっとあなたを愛しているわ」

「リッチーよりも？」

「あらら」サニーが言った。

「そうだろう。それにジェンもいる」

「あらら。まただわ」

二人はしばらく黙って、何も聞こえない電話線に耳を傾けた。

「だからといって、わたしたちがすてきな夜を過ごせないということにはならないわ」

「そう」ジェッシイが言った。「そういうことだ」

「一度に一晩、徐々にね」サニーが言った。

11

「夜遅く？」モリイが言った。

ジェッシイが頷いた。

「サニーは元気？」

彼女は、オフィスでジェッシイと一緒に腰かけ、膝の上にノートを広げている。

「とても元気だ」

「わたし、あの人好きだわ」

「俺もだ」

「あなた方二人のことについて、わたしの意見を聞きたくありません？」

「聞きたくないね」

「一緒になったら完璧だと思うわ」

「きみのノートには何が書いてあるんだ？」

モリイは、一人で微笑み、ノートを見下ろした。

「検死官が、興味深いことを発見しました」

ジェッシイは待った。

「正式の報告書はあとでくれます」モリイが言った。「でも、現在わかっていることがここに書いてあります」

ジェッシイは待った。

「〝何だ？　何だ？〟って、きかないんですか？」モリイが言った。

ジェッシイが、彼女を見た。

「わかりましたよ」彼女が言った。「まず、女を殺した弾は、ウィークスを殺した弾と一致しています」

ジェッシイが頷いた。

「二番目に、彼女は妊娠十週目でした」

ジェッシイが、再び頷いた。

「三番目に」モリイが言った。「DNAを照合したところ、ウィークスが父親でした」

「それだけ？」ジェッシイが言った。

「まあ、なんて人」モリイが言った。「いいえ、それだけではありません。四番目に、彼女はウィークスと同じ頃に殺害されました」

「同じ銃で」ジェッシイが言った。「彼の子供を宿している時に」

「おそらく、この二つの犯罪は関係があります」

「すばらしい考えだ」ジェッシイが言った。「彼女の身元はわかったのか？」

「いいえ。指紋が照合システムに登録されてないんです」

「あるいは、登録されていたが、システムが消してしまった」

「まあ。皮肉な考え方ね」

「この仕事について、かなりになるからさ」

「何ですって、ジェッシイ。あなたとわたしはそう歳は違わないわ」

「だけど、俺のほうがずっと醜い」

「当たり前よ」モリイが言った。「ランガム・ホテルに電話してみました。ウィークスは、ワン・ベッドルームのスイートと、他に二つ部屋を借りていたそうです」

「他の部屋には誰が滞在していたのだ？」

「ボディガードのルッツと」モリイが言った。「ケアリー・ロングリーという女です」

「ボディガードをここに呼んでくれ」

「今日、来ることになっています」

「わかった。ピーター・パーキンスから、彼女の写真を何枚かもらってきてくれ。ルッツが彼女を知っているかどうか」

「彼女は、あまりきれいに見えませんけど」

「これ以上きれいになることはない」

モリイが頷いた。ノートを閉じ、立ち上がってドアのところに歩いていった。ノブに手をかけたまま、立ち止まり振り返って言った。

「わたしがあなたを愛しているのはご存じだわね、ジェッシイ」

「旦那と子供たちと同じぐらいに？」

「いいえ。でもその次よ」

ジェッシイが微笑した。

「もうちょっとで同じになる」

「あなたは、サニー・ランドルにふさわしいわ」

「ジェンはだめか？」

「あなたは幸せになる資格があるのよ」

「ジェンが俺を幸せにするとは思わないんだね？」

「今までどうだったの？」

ジェッシイが、ゆっくり頷いた。

「もちろん、人のお節介はやめろと言ってもいいんですよ」

「人のお節介はやめろ」

「いやです」モリイが言った。

彼女は、彼に向かって微笑むとドアを開けた。
「やめませんよ」彼女は言って、出ていった。

12

ジェッシイが、軽いライ麦パンのハム・アンド・チーズ・サンドイッチを食べていると、モリイが入ってきた。

「ルッツさんがお見えになりました」

ジェッシイは、デイジー・ダイクがいつもサンドイッチに添えてくるハーフ・サワー・ピクルスを一口食べた。

「それから、奥さんから電話です」

ジェッシイは、ピクルスを嚙み、飲みこんだ。

「前妻だ」

「どうとでもお好きなように」

ジェッシイは、息を吸いこむと、ゆっくり吐き出した。

「しばらくルッツに待ってもらってくれ」ジェッシイが言った。「ジェンと話をするから」

モリイが頷いた。ジェッシイが電話に手をかけたが、モリイは出ていかなかった。ジェッシイが、電話機に手をかけたまま、モリイを見た。モリイは首を振りながら、出ていった。ジェッシイが、電話機を取りあげた。

「やあ」

「あなたのアパートにいるんだけど」ジェンが言った。「今すぐ来てほしいの」

ジェッシイは、自分の姿が彼女に見えているかのように頷いた。

「今はちょっと忙しいんだよ、ジェン」

「わたし、レイプされたの」

ジェッシイは、背中の上部と肩にかけてショックを感じた。僧帽筋が無意識のうちに丸くなった。

「医者を呼ぼうか?」

「あなたに来てほしいの」

「すぐ行く」

彼は、立ち上がり、机から銃を取ってベルトにつけた。それから、署内を歩いていった。モリイが受付に座っていた。濃い口髭をはやし、頭を剃った大男が、椅子に座って待っていた。ジェッシイは、ルッツだろうと思った。

「ルッツさんに待っていただくように」ジェッシイがモリイに言った。

彼女が、彼をじっと見た。彼は、そのまま歩き続けて署の外に出た。車を運転しながら、ある種の無音の空間に包まれ、その中を移動しているような錯覚をおぼえた。

ジェッシイのアパートのフロント・ドアには鍵がかかっていた。鍵を開けると、防犯チェーンがかかっていた。

「俺だ、ジェン」ジェッシイが、わずかな隙間から声をかけた。

「わかったわ」ジェンが言った。

彼女の声は小さかった。ドアを閉め、チェーンを外してから、再びドアを開けた。ジェッシイが中に入った。ジェンが後退《あとずさ》った。彼女は、大丈夫そうに見えた。きちんと化粧もしている。髪も滑らかだ。ぴたっとしたジーンズをはき、白いシャツの襟を開けている。

〝ひどく殴られたわけではなさそうだ〟彼がドアを閉めて彼女の方を向くと、彼女はもっと彼から離れていくように見えた。彼は、バーに行き、大きなオジー・スミスの写真の前のスツールに腰をかけた。

「聞かせてくれ」

彼女は、首を振った。ゆっくり窓のところに行き、外を見てからキッチンの方に戻ってきた。キッチン・ドアの近くで立ち止まった。

「話したくないの」ジェンが言った。

ジェッシイが頷いた。彼女は、ベッドルームに続く廊下の方に行き、見下ろしてから向きを変えてキッチン・ドアの方に戻ってきた。

「警察に届けた？」ジェッシイがきいた。

彼女が、首を振った。

「やっとお天気キャスターから調査レポーターになったばかりなのよ。わたしの信頼性を損ねてしまうわ。報道がどんなものかわかっているでしょう」

「ああ、わかっている」ジェッシイが言った。

「知っている男なのか？」

「いいえ」

「いつやられたんだ？」

「日曜の夜」

「四日も前だ」

「そうなの」

ジェンは、フロント・ドアまで歩いていき、横窓から外を見た。ジェッシイは待った。しばらくして、ジェンが彼のところに戻ってきた。

「わたしをつけまわしているの」

再び、肩にかけてショックを感じた。ホルスターに入っている銃の柔らかな重みが、腰にかかっているのを意識した。

「ここに来たのか？」

ジェンが、ちょっと跳び上がったように見えた。

「ここに？」

「やつはここまで後をつけてきたのか？」

「いいえ。今朝、わたしのアパートの外にいるのを見たの。だから、裏の地下室のドアから出て、路地を抜け、タクシーを拾ってここに来たの」

「きみをつけ回すようになってどのくらいたつんだ？」

「あのことがあった翌日、駅の近くで見かけたわ。昨日は、ネーティックで撮影しているときにうろうろしていた……もし、あいつがここにきていたら、あなた、どうした？」

ジェッシイは黙っていた。

「知りたいわ」

「二度ときみを」ジェッシイが言った。「傷つけることがないようにしただろうね」

ジェンは頷き、腕を組んでドアに寄りかかった。

「あいつを殺すの？」

「必要に迫られれば」

「わたしなら殺すわ」ジェンが言った。「チャンスがあれば、殺すわ」

ジェッシイが頷いた。

「わたしのために銃を手に入れてほしいの」

ジェッシイが頷いた。

「そして、使い方を教えて」

「わかった」

「どんな男だかわかる?」ジェンが言った。

ジェッシイが首を振った。

「わたしのすぐ後からわたしのアパートに入ってきたの」ジェンが言った。「銃を持っていたわ。リビングに立って、わたしに銃を向けて、服を脱がせたの」

ジェッシイは、非常に静かに聞いていた。

「ひどいでしょ。わたし、あそこに立って服を脱いだのよ」ジェンが言った。「着ているものを全部脱いだの、パンティストッキングも。見ず知らずの人の前で」

ジェッシイは待った。ジェンは、やっとの思いで彼に話をしていた。

「それで、真っ裸で立っていた。何も身につけずに。それなのに、あの男、立たなかったの」

ジェッシイが頷いた。

「十分固くなるまで、あいつが自分で愛撫しているのを、裸で立ったまま見ていなければならなかった」

ジェンの呼吸が、重く短くなっていた。ジェッシイは、自分の呼吸が作り出す内なる音を聴いていた。彼も荒々しい呼吸をしていた。

「それから、わたしを床に寝かせて、やったの。床の上で。無理やり押しこんで、激しくついて、わたしをののしって、荒っぽいのが好きなんだろうって言ったわ」

ジェッシイが頷いた。

「痛かった」ジェンが言った。

「医者に行ったか？」

「いいえ」

「連れていってやろうか」

「いやよ」

「どうしたらいいんだ？」

「あいつを見つけて殺して」

ジェッシイが頷いた。ジェンは立ち上がり、自分の呼吸をコントロールしようとした。

「やつを見つけよう」ジェッシイが言った。

「そして殺してくれる？」

「似顔絵師に協力できるか？」

ジェンが肩をすくめた。

「前科者のファイルから、そいつを選び出せるか」

ジェンが、再び肩をすくめた。

「わたし、あなたと一緒にいなければだめ」ジェンが言った。「あなたがわたしを守ってくれなければだめよ」

ジェッシイが頷いた。

「きみを守ってあげる」

「ずっとよ」

「誰かがきみと一緒にいるようにしよう」ジェッシイが言った。「いつも」

「あなたが？」

「俺か、誰か信用できる者だ」

「あなたにいてほしいの」

「何とか考えてみよう」ジェッシイが言った。「うまくいくように」

13

「ジェンは、ベッドルームで休んでいる」ジェッシイが電話口で言った。「きみがルッツと話をしてくれないか？」

「わかりました」モリイが言った。

「あの女の身元を知っているかチェックしてくれ」ジェッシイが言った。「ウィークスがここで何をしていたか探り出せ。なぜウィークスはボディガードを必要としていたかなども」

「それならできます」モリイが言った。

「ありがとう」

「それから、毎日の記者会見と受付もするんですよね」

「きみならできる」

「それから、夫と四人の子供の世話も」

「もちろんだよ」ジェッシイが言った。

「女だけど、わたし、タフですから」

「永久に続くわけじゃない」

「ジェンのことはどうするつもりですか？」

「まだわからない」

「たぶん、永久に続くわ」

「いや、何とか考える」

「わたしは女よ、ジェッシイ。たぶん、あなたの想像以上にジェンに同情しているわ。彼女に無事でいてほしいし、レイプ犯は相応の場所に入るべきだと思っている」

「地面の中かもしれないぞ」ジェッシイが言った。

「別に反対しないわ」モリイが言った。「あなたが無事でありさえすれば」

「ありがとう」

「わたしはあなたのことを心配しているの、ジェッシイ。あなたがどう感じているかも想像できる」モリイが言った。「まあ、短期間ならわたしたちでやっていけるわ、たぶん。でも、署は、あなたなしでは機能しないわ」

「そうだな」

「特に、今は」

「ああ」

「それに、もし一日中家にいて彼女を見守っていたら、レイプ犯を見つけることもできないわ」

「スタジオで見守っていることだってあるさ」

「わたしの言いたいことはわかっているくせに」

「ああ、わかっている」

「それに、余分な人手は一人もいないわ、ジェッシイ。今はだめよ。二件の殺人と報道陣を抱えているんだから。そのうえ、知事のオフィスから毎日のように電話があるわ。それから、下院議員からも」

「わかっている」

「それから、サニー・ランドルはどうするんです?」

「わからない」

「ジェッシイ」モリイが言った。「まったく滅茶苦茶だわ」

「ご忠告ありがとう」

「いやな質問をしたいんですけど」

「別に今日に限ったわけじゃないだろう」

一瞬、沈黙が流れた。

「彼女の話を完全に信じているのですか?」

「いやな質問だな」

「わかっています」

再び、沈黙が流れた。

それから、ジェッシイが言った。「たぶん、完全には信じていない」

しばらくして、モリイが言った。「連絡しなければならないときは、そこにいらっしゃいますか？」

「ああ」

「ルッツさんと話をしてみます」モリイが言った。「それから、電話しますね」

「そうだな、電話で報告してくれ」

彼は、電話を切ると立ち上がり、オジーの写真の前を通り過ぎてフレンチドアまで行き、開けて外に出た。そしてバルコニーに立ち、港を眺めながら考えた。

14

「正気の沙汰じゃないわ」サニー・ランドルが言った。

「わかってるよ」ジェッシイが言った。

「彼女とわたしは、一緒にいられないわ」ジェンが言った。

「もちろん、そうだ」ジェッシイが言った。

彼は、リビングのバーのスツールに腰掛けていた。オジー・スミスの写真の前。ジェンは、彼の左側、寝室の廊下に近い方の椅子に座っている。サニーは、右側の椅子だ。〝俺たち、三角形に座っている〟と、ジェッシイは思った。電話が鳴った。彼は電話機を取りあげ、画面を見た。モリイからだった。電話に出た。

「ジェッシイ、知事のオフィスの人が来ています」モリイが言った。「あなたに会いたがっています」

「今、都合がつかないと言ってくれ」

「気分を損ねると思いますが」

「今は、人がどう思うか」ジェッシイが言った。「心配していられないんだ」

「何とかやってみます」モリイが言った。

「ありがとう、モル」

「でも、わたしは署長ではありませんから」

「できるだけのことをやってくれ」ジェッシイが言った。「行かれるようなら、行くから」

彼は、電話を切って二人の女を見た。二人とも何も言わなかった。午前の遅い時間だった。フレンチドアから差しこむ日の光が、リビングの床の上に長くて明るい平行四辺形を描いていた。ジェッシイは、カウンターから空《から》のハイボール・グラスを取りあげた。それは厚いガラスでできていて、心地よい重みがあった。

「酒が欲しい」ジェッシイが言った。

二人とも、何も言わなかった。

「俺の人生には酒が必要だったことが多すぎたのだ、たぶん」

女たちは黙っていた。ジェッシイは、嬉しくもないのに微笑んだ。空《から》のグラスを両手の中でゆっくり回した。

「酒はさておき」彼が言った。「俺にとって、人生には重要なものが三つある。ジェンとサニーと警察官であることだ。俺たちの間はうまくいかなかった、ジェン。しかし、俺はきみを完全に手放すことができない。だから、サニー、きみとの関係も思うようにはいかない」

「公平に言えば」サニーが言った。「もちろん、わたしにもリッチーがいるわ」

ジェンが頷いた。

「公平に言えば」ジェンが言った。「いろんなことがあるわ」

「二人が」ジェッシイが言った。「仕事をのぞけば、俺にとって何よりも重要だ。しかし、たぶん、きみたち両方に不公平なことを頼まない限り、俺は、仕事ができそうもないんだ」

「それじゃあ、ある意味ジレンマね」サニーが言った。

「そうなんだ。ジェンを無防備のままにしておくわけにも、レイプ犯を自由に歩き回らせるわけにもいかない。ところが、彼女を守り、レイプ犯を探し、しかも優秀な署長であり続けることは不可能なんだ」

「優秀であったからこそ、一人でロサンゼルスから東部に来たとき」ジェンが言った。

「あなたは救われた」

「俺には、それしかないんだ」ジェッシイが言った。

「ひょんなことで」ジェンが言った。「あなたは、わたしたち二人を手に入れた」

「わかっている」

「ということは、わたしたちのどちらも手に入れてないっていう意味でもあるのよ」サニーが言った。

「わかっている」

太陽が高くなり、リビングの床に描かれた長細い長方形が短くなっていた。

「あなたは、彼を愛しているの？」サニーがジェンにきいた。

ジェンが首を振った。

「どう答えたらいいかわからない」彼女が言った。「わかっているのは、ジェッシイのいない人生なんて想像もできないってことなの」

「あなたを守るために？」サニーが言った。

ジェンが頷いた。

「そんなふうに見えるのはわかっているわ」彼女が言った。「たぶん、そう見えてもしかたないでしょうね。でも、いつもそうなの。彼と一緒でも。一緒じゃなくても。誰か他の人と一緒でも。彼のいない人生なんて想像できないの」

「わかるわ」サニーが言った。

「あなたが守ってくれる？」ジェンが言った。

「わたしがお役に立つということ？」サニーが言った。

「あなたは女ですもの」

「女が一番よね？」

ジェンがジェッシイを見た。

「彼女ならきみを守れる」彼が言った。「それに、レイプ犯も見つけられる」

ジェンが振り返ってサニーを見た。

「頼めるかしら？」

「レイプは、男たちも理解できる」サニーが言った。「でも、女は理解するだけでなく、身体で感じるわ。あなたの身に起きたことについて、わたしたちが今わかっていることを、ジェッシイは永久にわからないでしょうね」

「そうね」ジェンが言った。

「今、この部屋で最も重要なことは、あなたの身に起きたことよ」サニーが言った。「そのくそ野郎が刑務所に入るか、死ぬかするまで、わたしはあなたを守るわ。どっちでもかまわない」

「銃を持っているの？」ジェンがきいた。

サニーはバッグを開けて、ショート・リボルバーを取り出した。

「撃てる？」ジェンが言った。

「かなりうまいわよ」サニーが言った。

ジェンが泣き始めた。サニーは、銃をしまい、ジェンが座っているところに行って、椅子の肘に腰をかけ、ジェンの肩に腕を回した。ジェンは、ちょっと向きを変えると、顔をサニーの胸郭に押しつけ、さらに激しく泣いた。サニーが、彼女をそっと叩いた。

「大丈夫よ」彼女が言った。「わたしたち、一緒にちゃんとやっていかれるわ」

ジェッシイは、自分が二人の邪魔をしているような気がした。バーのスツールに座り、黙って空《から》のグラスを手の中で回していた。

15

ジェンとサニーは、一緒に出ていった。その後しばらくの間、ジェッシイはバーの椅子に腰をかけたまま、空《から》のグラスを両手で回していた。二人の香水の香りが、静かな部屋の中で混じり合っている。床に映っていた太陽の模様が消えていた。ジェッシイは、グラスを置き、引き出しから銃を取り出して身につけ、しばらく静かな部屋を見回した。深く息を吸いこんだ。それから署に戻った。

「ルッツさんは詰所です」モリイが言った。「辛抱強くお待ちになっています」

「わかった」ジェッシイが言った。

「それから、知事のところから来たイヤなやつが、あなたの部屋で待っています」

「辛抱強くないんだな」ジェッシイが言った。

「ええ」

ジェッシイが、廊下を歩き始めた。

「どこに行くんですか？」モリイが言った。

「詰所だ」

モリイが、一瞬彼を見つめた。それから、口を開けたが、閉じて何も言わなかった。

ジェッシイは、詰所のドアを開けた。

「ジェッシイ・ストーンです」

ルッツが立ち上がり、二人は握手をした。彼はしっかりと手を握った。

「コン・ルッツです」

二人は腰をかけた。ルッツは、会議用テーブルから発泡プラスチックのコーヒーカップを取りあげ、少し飲んだ。

「遺伝的なものに違いありませんな」ルッツが言った。「警察署で美味いコーヒーを飲んだためしがない」

「この仕事をしたことがあるのかね？」ジェッシイがきいた。

「ボルティモアで」

「モリイが写真を見せましたか？」

「ああ。ケアリー・ロングリーだ」

「あの人の話をしてくれ」

「ウォルトンのアシスタント。一年になる」

「二人は恋人同士かな？」

「不倫をしているという意味かね？」

「そうだ」

「俺は、ウォルトンのうわさ話をするためにここに来たのではない」ルッツが言った。

「悪口を言うためでもない。俺は、彼のところで八年間働いていた」

「ボディガードだそうだね」

「そうだ」

「事件のとき、きみはどこにいたんだ？」

ルッツは、しばらくコーヒーカップを見つめていた。頭を振った。

「二人は、俺をおいて出かけた」

「意図して？」

「うん。ウォルトンは、俺に一晩休みを取れと言ったんだ。ケアリーと一緒に出かけるからと」

「珍しいことだったか？」

「ああ。いつもは俺にそばにいろと言っていた」

「どこに行くつもりか、言ったかね？」

「いいや」

「彼女は、妊娠十週で」ジェッシイが言った。「ウィークスが父親だった」

ルッツが、再びコーヒーの表面を見た。

「わかった」彼が言った。「ゴシップの範疇には入らないだろう」

「二人は恋人同士だったたか？」

「そうだ。熱烈な。彼女は、雇われるしばらく前から、彼のガールフレンドだった。あの晩、二人は、何かロマンチックなことを求めて出かけたんだろうと思っていた」

「二人の関係に、何かまずいことでもあったのかね？」

「彼に奥さんがいたぐらいだ」ルッツが言った。「ケアリーとウォルトンは、うまくいってるようだった」

「奥さんは、ケアリーのことを知っていたのかね？」

「知らなかったと思う。もちろん、アシスタントがいることは知っていた。しかし、彼女とセックスまでしていることは知らなかったと思う」

「彼は、こういうことをよくやるのか？」ジェッシイが言った。

「ああ。ウォルトンは女好きだ。三人と結婚し、たぶん、その全員を裏切っていただろうな」

「彼は、ここで何をしていたんだ？」

ルッツが、首を振った。

「知らないね」彼が言った。「ケアリーがそういうことは全部やっていた。俺は、ただ彼を守っていただけだ」

「事前に知らなかったのか？」ジェッシイが言った。「セキュリティ上の問題が起こるかどうか、わからないじゃないか？」

「俺は、シークレットサービスじゃない」ルッツが言った。「それに、ウォルトンは、大統領でもない。彼がどこかに行ってスピーチか何かをするときは、ケアリーが地元の警察に知らせ、そこの警察が必要と思うことをするんだ。俺は、ただそばに付いていて、歩道で襲われたりしないようにするだけだ」

「それなら、できるわけだ」

「ああ、できるさ」ルッツが言った。「しかし、実は、ウォルトン自身がボディガードを使うのが好きだったということもある。イメージがいいからな」

「今までに何かトラブルは？」

「酔っぱらいが二、三人と」ルッツが言った。「抗議する奴が二、三人」

「時には、同じ人物」ジェッシイが言った。

ルッツがニヤッとした。

「お見通しだな」彼が言った。

「大きなトラブルは？」

「なかった」

「きみと彼はうまくいっていたか？」

「うん。俺はボディガードなんで、使いっぱしりをしたり、コーヒーをいれたり、ディナーの予約とったりする係じゃないと、お互いが納得するようになってからは」

ジェッシイが頷いた。

「なぜこの町で死んだのか、心当たりはないか？」

「ないね」

「嫌がらせの手紙、殺しの脅迫、警告というようなものはなかったか？」

ルッツが首を振った。「俺には何も打ち明けなかった」

「誰になら打ち明けたんだろう？」

「ケアリーだね、たぶん。彼の個人的な手紙は、彼女が扱っていたはずだ。公人の手紙とでもいうのか、そうしたものはマネージャーが扱っていたと思う」

「二十四時間、警護していたのか？」ジェッシイが言った。

「いや。ニューヨークでは、警備のしっかりしたビルに住んでいた。外出するときは、俺が運転手をやったが、家にいるときは、言ってみれば、非番だった」

「旅行のときは？」

「そのときは一緒に行った。部屋は隣だったが、夜、宿泊すれば、非番になった」

「何か手がかりになりそうなことを知らないか？」

「ボディガードをやっていて、顧客が死んでしまう」ルッツが言った。「それじゃあ面目がない。そのうえ、俺は、八年間も彼のところで働いていたんだ。だから、あんたに会いに来る前に、少しは調べてみた。フロント・ドアの係は、誰もタクシーを呼んだ覚えがない。接客係も、誰一人として、何か手配した記憶がない。車のレンタルはないし、リムジンも呼んでない。ディナーの予約も、劇場のチケットの手配もない。何もないんだ」

「誰もが、そんなに覚えていたのかね」ジェッシイが言った。

「ウォルトンは、かなり有名だったからな」

「彼らがホテルから出ていくのを覚えていた者はいなかったわけか？」

「ドアマンの一人だが、フランクリン・ストリートを歩いていったと思う、と言っていた」ルッツがニヤッとした。「ドアマンは、ウォルトンなんかは、どうでもよかったらしいが、ケアリーの尻は見ていたそうだ」

「ウィークスのことで、わたしが話すべき人は？」

「いるよ」ルッツが言った。「全部を知っているわけではないが、とりあえず、二、三人の名前を教える」

「パラダイスとの関連で、思い当たることはないかね？　二人のどちらでもいいんだが？」

「この町のことを聞いたことがあるのは」ルッツが言った。「しばらく前、ここであの連続殺人があったときだけだ」

「ケアリーかウォルトンが、この町の話をしたことは？」

「ない」

「なぜ彼らは死んだのか、なぜ最後にここに来たのか？」ジェッシイがきいた。「きみに何か考えはないかね？」

「ない」

「そうなると、われわれは、二人とも何もわからないってことだな」ジェッシイが言った。

16

「知事の使いに、一緒に会ってくれないか？」ジェッシイが、自分のオフィスに行きながら、モリイに声をかけた。

「証人を立ちあわせるのは、常に最善の策ですからね」モリイが言った。

ジェッシイのオフィスにいた男は、彼らが入っていっても立ち上がらなかった。おそらく、五十歳ぐらいだろう。ウイングチップの靴をはき、ダークスーツに赤いネクタイをしめ、襟ピンのついた白のシャツを着ていた。砂色の髪はカットしたばかりで、左側で分けている。

「リチャード・ケンフィールド」彼が言った。「フォーブス知事の使いの者です。彼女は、わたしが待っていると伝えなかったのですか？」

「クレイン巡査ですか？」ジェッシイが言った。「ええ。伝えてくれました」

ジェッシイは、自分の机の前に座り、椅子を後ろに押して、片足を開いた引き出しに乗せた。

「それなのに、わたしを数時間も待たせたのですか？」

「そうです」

「説明できますか？」

ジェッシイが頷いた。モリイはドアのそばに立ったままだ。

「ええ」

ケンフィールドが待った。ジェッシイは黙っていた。

「どういう説明ですか？」しばらくして、ケンフィールドが言った。

「警察の仕事があったのです」

「それできみは、警察の仕事の中に、州の最高行政官の代表と話すことは含まれていないと思うのですな？」

「そうです」

「あなたは、わざとばかなまねをしているのですか？」

「わざとではないと思いますが」ジェッシイが言った。「どんなご用件でしょう？」

ケンフィールドは、ちょっとの間沈黙し、どうすべきか考えていた。それから、首をかすかに振り、頬を少し膨らませ、息を吐き出した。

「ウォルトン・ウィークスは、フォーブス知事を長年にわたり支持していました」ケンフィールドが言った。

ジェッシイが頷いた。

「知事は、彼が殺されたことを非常に気にかけています」

ジェッシイが頷いた。

「ウォルトン・ウィークスの死については、すべて報告していただきたい」ケンフィールドが言った。「それから、捜査の進捗状況も」

「わたしもです」ジェッシイが言った。

「どういうことです？」

「つまり、わたしの知っていることは、あなたと変わらないということです」

「われわれは進捗状況の報告を要求します」ケンフィールドが言った。「あなたのやることをすべて知りたいのです」

「わたしは、本署の署員全員に殺人犯を探させています。まだ見つかっていませんが……男か……女か……あるいは複数犯か」

「それから、州警察の関与も要求します」ケンフィールドが言った。

ジェッシイは、ケンフィールドが心の中でリストをチェックしていることに気づいた。

「殺人課の指揮官と、すでに連絡を取っています」ジェッシイが言った。

「われわれは、州のありったけの力がこの捜査に向けられることを要求します」ケンフィールドが言った。「ヒーリイ警部とはしっかり協力してやってほしい」

「わかりました」ジェッシイが言った。

「さて」——ケンフィールドが、またもや心の中でチェックを入れた。「この件について、あなたはどう考えていますか？」

「ウィークスを殺害した人物が」ジェッシイが言った。「ケアリー・ロングリーを殺害した」

「ケアリー……？」

「彼のアシスタントです」

「ああ、そうだった」ケンフィールドが言った。「同じ凶器を使っているからですな」

「そういうことです」

「報道陣にまだ話していないことは？」

「ケアリーは妊娠十週で、ウォルトンの子供を宿していました」

「妊娠？」

「そうです」

「それは秘密事項なんですか？」

「いいえ」ジェッシイが言った。「殺人犯しか知り得ないことは、公表を差し控えます。誰かがそれを知っていれば、手がかりとなりますから。今回、殺人犯は妊娠を知りえたかもしれないし、知りえなかったかもしれない。そして、もし知りえたとして、ウォルトンの子供だということを知りえたかもしれないし、知りえなかったかもしれない。だから、そういうことを秘密にしておいても意味がありません。誰かが知っていても、何の証明にもならないのです」

「それなら、なぜ報道陣に言わないんです？」ケンフィールドが言った。

「そんなことをする理由がありません。ウィークス未亡人や、ケアリーの親族のことを考えれば」

「そうですな。黙っているのが一番だ」ケンフィールドが言った。「ローリー・ウィークスは、知事ととても親しい。ウォルトンと同じように知事の支持者だ」

「お約束はできません」ジェッシイが言った。「公表したほうがいいときが来るかもしれません。そうなれば、わたしはしゃべります」

「そんなことをすれば、われわれの歓心を買えませんよ」

ジェッシイが頷いた。

「われわれはあなたの協力を求めています」

ジェッシイが頷いた。

「それに、われわれの協力も、大いに役立ちます」

ジェッシイが頷いた。

「あなたには、どうでもいいことのようですな」

「そうです」

「たぶん、われわれは、そこを変えることができるだろう」

ケンフィールドは立ち上がり、ドアまで歩いていった。ドアを半分開けたところで、ジェッシイの方に振り返った。

「何か個人的なものでもあるのですか？」彼が言った。「知事が嫌いですか？」

ジェッシイが、首を振った。

「知事には会ったこともない」ジェッシイが言った。「嫌いなのは、あなたです」

ケンフィールドは、しばらくジェッシイを凝視していた。それから、向きを変えると、出ていった。

「彼が車に着くまで待っていてください」モリイが言った。

「なぜ？」

モリイがほほえんだ。

「駐車違反のチケットを付けておきました」

ジェッシイが、ニッコリして右手を挙げた。モリイが、その手にハイタッチした。

17

「これまでのところ、調子はどう？」ジェッシイが電話で言った。

「まあまあよ」サニーが言った。「彼女は、今シャワーを浴びているわ」

「今度のこと、ちょっとおかしいと思うかい？」

「正常な状態にもどれば、おかしいことになるでしょうね」サニーが言った。「でも、今は女同士でいることが重要なの」

「彼女とロージーは、うまくいってるのか？」

「深い絆で結ばれているわ」サニーが言った。「事実、今わたしたちが話をしている間も、浴室の前に座って、ジェンが出てくるのを待っているわ」

「ジェンは犬を飼ったことがないのに」

「でも、ロージーが好きみたいだし、ロージーも彼女が好きよ」

「ジェンは、とっても楽しいやつなんだ」

「楽しくない時を除けばね」

「そうだな」ジェッシイが言った。「レイプ犯については、あまり進展がないと思うが」

「今は、居心地よく一緒に過ごせるようにしているだけなの」サニーが言った。「あのことは、まだきいてもいないわ」

「四六時中、彼女と一緒にいなければならないとすると、調査はむずかしいな」

「友だちのスパイクが、子守の手伝いをしてくれると思うの」サニーが言った。「それから、わたしの調査の手伝いもしてくれれば、彼女にとっていいことかもしれない……あら、彼女が出てきたわ。大きなバスタオルにくるまって、いかにもエレガント」

ジェッシイは、ジェンを思い出し、胃がぎゅっとなった。彼女はあんなふうにシャワーから出てくるのだ。そしてタオルをくるっとめくって、チラッと見せるのだ。

「彼女と話したい」ジェッシイが言った。

ジェンが電話に出た。「もしもし」

「大丈夫か？」

「ええ」

「ウォルトン・ウィークスについて、何か知らないか？」

沈黙。ジェッシイは、ジェンが何かに集中するとき、それが深く狭いことを知っている。自分の状況以外のことを考えるのに、一分はかかる。スーツケース・シンプソンが、ジェッシイの部屋の入口に現われ、電話中なのを見て、立ち止まった。ジェッシイが、手を振って追っ払い、彼は姿を消した。

「わたしが？」ジェンが言った。

「きみは、彼と同じ仕事をしているんだろう」

「そうね、彼が大成功をおさめているのは、知っているわ」

「それで」

「それから、彼は、ええと……週一のテレビ番組に出ているわ」

「〈ウォルトンのウィーク〉」ジェッシイが言った。

「気の利いた番組ね」ジェンが言った。「それから、毎日ラジオ番組もやっているし、記事をあちこちの新聞に同時掲載しているわ」

「このあたりでは、《グローブ》に掲載されている」ジェッシイが言った。「彼は右翼か左翼か？」

「あらまあ、ジェッシイ。知らないわ。わたしがそういうことに関心がないことはわかってるでしょう」

「誰なら知っているだろう？」

「インターネットで調べてみた？」

「直接話せる人物を捜しているんだ」

「うーん」彼女は黙って考えていた。「そうだ」彼女の話し方が速くなった。「前のニュース・ディレクターのジェイ・ウェイド。今は、タフト大学で、知ってるでしょ、ウォルフォードにあるわ、コミュニケーション学の教授をしてるわ」

「ああ、知っている」

「電話して」ジェンが言った。「彼に会えるように手配してあげる」

「友だちなのか」

「そうよ。二年間一緒に仕事をしたの」

「それで、きみの上司だったのか?」

「ええ。あのレース・ウィーク特集をやらせてくれたのは、彼なの」

オフィスで一人、机に両足を乗せて、ジェッシイは黙って頷いていた。

「電話は、自分でできる」ジェッシイが言った。「ありがとう」

電話を切ると、ジェッシイは、しばらくの間じっと動かずに座っていた。〝ジェイは、彼女とセックスをしただろうか?〟彼は首を振った。〝こんな事を考えるのは止めなきゃいけない〟彼は、立ち上がって、オフィスのドアのところに行き、頭を突き出して叫んだ。

「スーツ」

18

「署長がボディガードから手に入れてくれた名前のリストを、全部あたってみました」スーツが言った。

ジェッシイは、黙って待っている。スーツは、ジェッシイの沈黙にはいつも感心する。自分自身はしゃべりすぎだ。だから、ジェッシイのように黙っていられたらなあと思う。

「マネージャーには連絡がとれませんでした」スーツが言った。「ニューヨークにいます。連絡してくれるように頼んであります」

「連絡してこないときは？」

「また、電話してみます」

ジェッシイが頷いた。

「奥さんたちは、みんな折り返し電話をくれました」

「前妻が二人と、現在の妻一人」ジェッシイが言った。

「そうです」スーツがリストを見た。「二人はニューヨークにいて、まだ彼の名前を使っています。ローリー・ウィークスが現在の妻、ステファニー・ウィークスが第二の妻。最初の妻のエレン・ミリオーレは、再婚してイタリアに住んでいます。彼女とは、まだ話をしていません」

ジェッシイが頷いた。

「他の二人は、財産とか、遺言などに非常に関心をもっています。現在の妻ローリーは、ケアリー・ロングリーにも関心があります。どうして彼女が殺されたのかについても」

「彼がここで何をしていたのか、妻たちに心当たりでもあるのか？」

「ありません。現在の妻の話では、彼は仕事としか言わず、二、三日いなかったそうです」

「二、三日以上いなかったはずだ」

スーツが頷いた。

「彼女は、それを気にしているようだったか？」

「いいえ」

「なぜだ？」

「勘弁してくださいよ、ジェッシイ」スーツが言った。「夫を亡くしたばかりなのに、あまりうるさく聞けませんよ」

ジェッシイが頷いた。

「彼女が殺したのかもしれない」ジェッシイが言った。

「ええっ」スーツが言った。「そう思うんですか？」

「わからない」ジェッシイが言った。「お前にもわからない。親切なのは別に悪いことではないが、知らなければならないことは知らなければならないんだ」

スーツが頷いた。

「話をした人はみんな、誰が殺したのか心当たりがないと言ってます。彼は、物議を醸すようなことを言うけれど、頭がおかしいわけではないとも」

「脅迫は？」ジェッシイが言った。「嫌がらせの手紙は？」

「知らないと言ってます。そういうことは、事務所が扱っているそうです」

「事務所は誰が担当しているんだ？」ジェッシイが言った。「ケアリーか？」

「いいえ。彼らの話だと、ケアリーは、完全に彼の個人的なアシスタントです。いわゆる、ビジネス関係は、彼のマネージャーがやっていました」

「おそらく、どこかに弁護士がいるだろう」ジェッシイが言った。

「リストには、弁護士は載っていません」スーツが言った。「マネージャーが弁護士かもしれない」

「そうかもしれない」ジェッシイが言った。「彼らと話をするとき、弁護士がいるかチェックするんだ」

「わかりました」

「妻たちは、ここに来るのか？」

「わかりません」スーツが言った。「誰も、来るとは言ってませんでした」

「葬式の手配は、誰かがしているのか？」

「妻です」スーツが言った。「検死官が死体を返してくれたらすぐに」

「ということは、ローリーだな」

「ええ」

ジェッシイが頷いた。二人は、しばらく黙っていた。

それから、スーツが言った。「気になることがあるんです」

「誰がやったかわからないとか？」

「ええ」スーツが言った。「それもあります。でも、この男は、大物の有名人ですよね。それなのに、なぜここに来たのか、誰も知らないんです」

ジェッシイが頷いた。

「つまり、新聞に彼の記事が載ってない。彼のように有名な男なら、いつも新聞に関連記事が載りますよ。ボディガードですら、彼がなぜここに来たのか知らないんだ」

「あるいは、知らないと言っている」ジェッシイが言った。

「それから、もう一つ」スーツが言った。「俺には、この事件にこれ以上の注目を集める方法を、とても思いつけません。二人を同時に殺す。死体をとっておく。それから、有名なほうを木に吊るす。しばらく待って、もう一人をゴミ容器に捨てる」

ジェッシイが微笑した。

「驚愕の事件だ」彼が言った。

「まったく」スーツが言った。「それで、報道陣が押し寄せる」

「犯人は、注目を浴びたいみたいですね」

「それは、俺も気になるところだ」ジェッシイが言った。

19

ジェイ・ウェイドは長めのブロンドの髪を、後ろになでつけていた。パイロット・スタイルのメガネの奥の目は、薄いブルー。頑丈そうな顎をしている。

「まだ、ジェンに会っているのですか？」彼が言った。

「ええ」

「また一緒に暮らしている？」

「いや」

「それは気の毒に」

ジェッシイが頷いた。たぶん、ジェイ・ウェイドはジェンと寝たことがないだろう。いや、あるかもしれない。彼は、肩と首の筋肉が張るのを感じた。〝落ち着け。彼女は、俺の財産ではない。俺が彼だったら、やっぱり彼女と寝ただろう〟筋肉がますます張ってきた。

「ジェンは、あなたがウォルトン・ウィークスの話をしてくれると考えています」ジェッシイが言った。

ジェイ・ウェイドは、頷き、頭の後ろで手を組んで、椅子に座ったまま身体を反らせた。

「実は」ジェイが言った。「ウォルトンを少しばかり知っているんですよ。彼が天気予報を担当していたとき、わたしは、メリーランドの局で政治部の編集員でした」

「彼のことをきかせてください」

ジェイが微笑した。

「そうですね」彼が言った。「ウォルトンは、いつもいい声をしていた。みんな、彼の声が好きでしたね。うまく伝わるんだな。近所のおじさんのような声だが、もうちょっと頭がよさそうに聞こえた。ウォルトンの話を聞いていると、いつも頭がよさそうに思えたものです」

「実際、頭が良かったのですか？」

「それはねえ」ウェイドが言った。「わかりませんよ。わたしが知っていた頃は、天気予報士でしたからね。頭がいいとかバカとか、あまり考えませんでした。わたしがメリーランドを離れ、彼が全国的な有名人になってから――誰が実際にあのコラムや、テレビ番組の台本を書いたのかは、誰もわかりませんが――視聴者参加番組やゲスト・インタビューでは、十分に才気煥発と見受けましたよ」

「では、こういうことはすべてスタッフのサポートがあるわけですね」

「もちろんです」

「その人たちの名前はわからないでしょうね？」ジェッシイがきいた。

「わかりません。誤解を招きたくないので言っておきますが、わたしがウィークスを知っていたと言っても、仕事場で軽く挨拶を交わすぐらいで、二十年も前のことです」

ジェッシイが頷いた。

「人を怒らせるような人物でしたか？」ジェッシイが言った。

「わたしが知っていた頃の彼ですか、それとも。全国的な有名人としてですか？」

「どちらでも」

「わたしが知っていた頃は、みんな彼が好きでした。感じのいい人だった」ウェイドが言った。「有名人になってからは、結構怒らせていましたね」

「保守派ですか、それとも自由派？」

「おや、彼の話を聞いたことがないんですか？」

「ないです」

「驚いたな。いったい何をしているんです？」

「たいていは警察官をやっています」ジェッシイが言った。「時間があるときは、野球を熱心に応援してますよ」

「ジェンの話だと、昔、野球をやっていたとか」

「ええ」

「それで怪我をした」

「ええ」

「タフですな」ウェイドが言った。

ジェッシイが頷いた。

「ウォルトン・ウィークスの話に戻りましょう？」

「ウォルトンは自由論者です」ウェイドが言った。「おそらく、左派よりも右派に近いでしょう。しかし、基本的には、最も統治の少ない政府が一番いい、と信じています。彼が十一番目の戒律《イレブンス・コマンドメント》と呼んでいるものを信じているんです」

「他人はみなほっておけ、ですな」ジェッシイが言った。

「そうです。ウォルトン・ウィークスほどの男だと」ウェイドが言った。「彼が、誰を攻撃するかによって、いろいろと変わります。そうでしょう？　税と消費を旗印にする大きな政府をこき下ろしていたときは、保守派が彼を愛し、自由派は嫌いました。今は、消費と無税を主張する大きな政府の保守派が政権を担っているようですが、彼は、その保守派を攻撃していました。それで、今では、保守派が彼を憎んでいます。あるいは、それ以上かもしれません。裏切られたと感じていますから」

「あなたも彼と同じ意見ですか？」ジェッシイがきいた。

「最近は、その傾向があります。しかし、ウォルトンの困ったところは、彼が結果よりも原則を重んじることです」

「たとえば？」

「公民権」ウェイドが言った。「彼は、人種差別撤廃を信じていましたが、政府が強要すべきではないと感じていたんです」

「で、あなたの意見は反対なんですね？」ジェッシイが言った。

「大勢の人が反対しています。政府の強制がなくて人種差別が撤廃されると思いますか？」

「いいえ」ジェッシイが言った。

「それなら、あなたもウォルトンに反対ですな」

「彼を殺すほどではありません」

「政治的な理由で殺されたとお考えですか？」ウェイドがきいた。

「あらゆる可能性をチェックしているだけです」ジェッシイが言った。「女たらしだったそうですね」

ウェイドがニヤッとした。

「彼は、数回結婚しています」ウェイドが言った。「わたしもだ。見方によるが、大勢の女と付き合うと、女たらしかもしれないし、ただ非常に人気があるだけなのかもしれない」ジェッシイは、ジェンのことを考えないようにした。

「ウォルトンは、女と付き合っていた」

「しょっちゅう。業界では、公然の秘密だった」ウェイドが言った。「特に、偽善ぶっていたということではありません。薬物反対のお説教をしながら自分は中毒だとか、禁欲を説きながらウェブ上に自分のヌードを載せるようなたぐいとは違う」

「それでは、嫉妬にかられた夫もいたでしょうな」ジェッシイが言った。

「それはそうでしょう」ウェイドが言った。

〝あまりに似ている〟ジェッシイは、自分の呼吸する音が聞こえた。〝どうも似すぎている〟

20

その法律事務所は、ストリップ・モールの一階正面にあった。ジェンが、マイクを持って戸口に立ち、カメラマンがピントを合わせていた。サニーが、その後ろに立って見守っている。ストーカーの影は見あたらなかった。

「スタート」カメラマンが言った。

ジェンが、ドアをノックした。ドアが開いた。が、わずかだった。

「弁護士のマーク・ラロッシュさんですか?」ジェンが言った。

誰かが、わずかに開いたドアの後ろで何かつぶやいた。

「チャンネル・スリーです。離婚訴訟で、常に、女性の顧客のために適切な代弁を行なえなかったという申し立てに対し、どのように返答なさいますか?」

再び、つぶやく声。

「いいえ」ジェンが言った。「わたしどもの仕事です。市民には知る権利があります」

開いたドアの後ろで何やら聞き取れない声がして、ドアがバタンと閉まった。ジェンがドアをドンドン叩いた。

「ラロッシュ弁護士」彼女が叫んだ。「なぜ、この問題についてコメントなさらないのですか？　ラロッシュ弁護士？」

ジェンは、振り向くと、マイクを持ってカメラに向かった。

「おそらく、ラロッシュ弁護士は、何かを隠しているのでしょう」ジェンが言った。「あるいは、違うかもしれません。確かなことは、われわれと話をしたくないということです。われわれは、すべての真実が語られるまで、この問題を追及し続けます。チャンネル・スリー、ジェン・ストーンでした」

カメラマンは、画面に、窓に書かれた〈マーク・ラロッシュ弁護士〉というサインを入れるために後退した。ジェンは、カメラマンが「オーケー、ジェン」と言うまで、カメラを見つめ、それから、マイクを降ろした。三人は、ニュース・スリーのバンまで歩いていった。

「きみが導入部をやるのかい？」カメラマンが言った。

ジェンが首を振った。

「いいえ。導入部は、ジョンがアンカー・デスクからやるわ」

「わかった」カメラマンが言った。「じゃあ、帰ろう」

局に帰ると、ジェンはテープを編集室に持っていき、置いてきた。

「今は、ランチを食べなきゃ」サニーが言った。「ストー

「編集は午後やるわ」彼女がサニーに言った。

サニーが微笑んだ。

「わたしは、いつもランチを食べないではいられないの」彼女が言った。

市庁舎前の巨大なレンガの広場を横切るように歩きながら、サニーが言った。「ストー
カーの姿はない？」

ジェンが、ぐるっと見回してから首を振った。

「そいつがよく現われる場所ってある？」サニーがきいた。

「いいえ」ジェンが言った。「全然わからないわ」

歩きながら、サニーは、通り過ぎる男たちを観察していた。大勢の男がジェンを見た。

そのうちの何人かはサニーを見た。だが、それは、あまり意味がない。ジェンは、知られた顔だし、二人とも男たちがちらっと見るにたる美人なのだ。

〈パーカー・ハウス〉で、レストランの窓際に席を取った。注文をすますと、ジェンが身を乗り出してきた。

「ジェッシイやわたしたちのことを話し合う必要があるわね」ジェンが言った。

サニーが頷いた。

「あなた、ジェッシイを愛しているの？」ジェンがきいた。

サニーは、両手を膝において、椅子に深々と座った。しばらく黙っていた。ジェンは、

身を乗り出したまま待っていた。

「一緒にいるときは」サニーが言った。

「一緒でないときは？」

「思っていたほど、恋しくなると思っていたの？」ジェンがきいた。

「どのくらい恋しくなるかないわ」

〝驚いた〟サニーは思った。〝この人、バカじゃないわ〟

「前夫を恋しく思うぐらいかしら」サニーが言った。

「彼にはよく会うの？」

「再婚しているわ」

「だからと言って、会えないわけじゃないでしょ」ジェンが言った。

「わたしたち、犬を一緒に飼っているの」サニーが言った。「彼が犬を連れに来たり、返しに来たりするときに会うわ」

「なぜ、離婚したの？」

「よくわからない。考えているわ」

「そうじゃなくて、あなたが言い出したの、それとも彼が？」

「わたしだと思うわ」

窓越しに、キングス・チャペルの外に一人の男が両手をポケットにつっこんで立っているのが見えた。ホテルの方を見ている。サニーには、窓のこちら側の自分たちが彼に見えているのか、わからなかった。ガラスがどのように反射するかによるからだ。

「あの男がストーカーかしら？」サニーがジェンに言った。

ジェンが一瞬たじろいだ。それから振り向いて男を見た。

「いいえ」彼女が言った。「違うわ」

「確かに？」サニーが言った。

ジェンが、ゆっくり頷いた。

「もしそうなら、あの恐ろしい感じがすると思うの」

ウエートレスが、サラダを持ってきた。ジェンが、レッド・レタスの小片をつまんで口に入れた。

「わたしも、自分から言いだしたんだと思うわ」ジェンが言った。

「ジェッシイと別れること？」

「わたしから別れたの」

「なぜ？」

「わたしはいつも、彼のお酒が原因だと言ってるの。でも、本当は違うわ。彼のお酒は、わたしが出ていってからひどくなったのだから」

「じゃあ、何だったの？」

ジェンが肩をすくめた。

「わたしは女優だった」彼女が言った。「プロデューサーと浮気をしたの」

「その人が、あなたをスターにしようとしていたのね？」

ジェンが、顔をしかめた。

「そんなところね」彼女が言った。「ジェッシイにばれてしまったとき、何でも一度なら許せると言ったわ」

「あなたは、二度としないと約束した」

「ええ」

「でも、またやってしまった」

「ジェッシイは、本当は許せなかった。怒ってわめいたりしたわけじゃないのよ。でも…

…お酒のコントロールができなくなってしまったんだと思うの」

「それで、離婚したのね」

「実は、彼がわたしを離婚したの。でも、わたしが悪かったの。離婚する頃には、彼に選択の余地はなかった」

「なぜ、浮気を続けるのか、あなたにはわかっているの？」

「ええ。そのことについて、舌が痛くなるまで精神科医と話をしたわ。説明してもいいけれど、とてつもなく退屈よ」

「わたしは、知る必要がないわ」サニーが言った。「今も同じテクニックを使っているの？」

ジェンがにっこりした。

「女を武器にして上りつめるってこと？」

サニーが肩をすくめた。ジェンがクルトンを食べた。

「すごく効き目があるのよ」ジェンが言った。「最近、お天気キャスターから昇進したわ」

サニーが微笑んだ。

「この市場では、ショービジネスのチャンスは無限にあるわけじゃないのね」彼女が言った。

「それは確かよ」ジェンが言った。

「あなたは、ジェッシイがここにいるから、ここに来たの？」サニーがきいた。

「ええ」

「まだ彼を愛している？」

「そう思うわ」

「でも、あなたはまだ……」

「セックスを利用して上りつめようとしているわ」ジェンが言った。

「でも……」サニーが言った。

「ジェッシイは、あなたの前夫のようなもの、わかるでしょう？　彼のいない人生なんて想像もできないわ」

「でも……」

「重要だと思うことは、ほとんどすべて彼から学んだの」ジェンが言った。

サニーは待った。

「わたしは、なんとしてでも偉くなりたいと、ずうっと思っていた。そして、わたしが提供しなきゃならないものは、きれいであることと、セックスができることだと思っていた」ジェンが言った。

サニーが微笑んだ。

「それなら、わたしたちのほとんどができるわ」

「でも、わたしは実行するの」ジェンが言った。「ジェッシイは、いつだって偉かった、わかるでしょう？　彼は、いつも自足していて、完全で、そして……偉かったの」

「あなたとお酒を除けばでしょう」サニーが言った。

「ええ」ジェンが言った。「わたしは、彼のお酒がちょっと好きだったみたい。彼がお酒を飲むのは、一種の弱さで、彼をもっと、そうね、人間的にしたわ」

「で、あなたは？」

ジェンが微笑んで、頷いた。

「わたしも、彼にとって一種の弱さになっていたと思ったわ」ジェンが言った。「あなたは、精神科医の治療を受けたことがあるわね」

「ええ」

「わたしの精神科医の一人が言ったわ。もし、彼の弱さがなければ」ジェンが言った。「わたしとお酒のことよ。彼は、あまりにも完璧すぎるだろうって。あまりにも……ジェッシイすぎるって。もしそういった弱さがなければ……」

「その弱さの一つがあなたなのね」サニーが言った。

ジェンが頷いた。

「その一つがわたしだった」彼女が言った。「その弱さがなかったら、たぶん、彼を愛せなかったと思う」

ジェンは、サラダを食べずに、フォークでかき回していた。

「あなたは?」ジェンがサニーに言った。

サニーは、すぐには答えなかった。窓ごしに、キングズ・チャペルの角を見ていた。男は消えていた。彼女は、あまり嬉しくない微笑をもらした。

「リッチーには、弱さが一つもなかったわ」彼女が言った。

21

「制服を着ていないから」スーツが言った。

「ぼくは刑事だってことですか？」

「いや」ジェッシイが言った。

「制服を脱いで、たんまり昇給したら？」

「かもしれないな」ジェッシイが言った。

彼らは、ニューヨークの西五十七丁目を歩いていた。

「これからウォルトン・ウィークスのマネージャーに会うんですね」

「トム・ノーランだ」

「ウォルトンを殺害した犯人の発見《ディテクト》を期待して」

「そうだ」

「それならどうして、俺は犯人を発見《ディテクト》しようとしているのに、刑事《ディテクティブ》じゃないんですか？」

信号が変わり、二人は六番街を横切った。

「署は、刑事をかかえるほど大きくないんだ」ジェッシイが言った。

「じゃあ、ぼくは巡査の給料で刑事の仕事をするわけですね」スーツが言った。

「その通り」

彼らは、西五十七丁目の向かい側にあるパーカー・メリディエン・ホテルの裏口を通りすぎた。

「誰が来るんですか？」スーツが言った。

「ノーランの他に？　未亡人と、彼がかき集められるかぎりのスタッフ」

「現在の未亡人ですね」

「そうだ」

「女が妊娠していたことを話すつもりですか？」

「その話題は出さないつもりだ」

「彼らは知っていると思いますか？」

「知事の部下、ケンフィールドには話した」

「それで、彼がしゃべると思ったんですね」

「そうだ」

彼らは、西五十七丁目の小さなビルに入っていった。

「じゃあ、彼が本当に連中にしゃべったか、知りたいでしょう」

「ああ、知りたい」ジェッシイが言った。

「いつだっていい気分ですよね」スーツが言った。「バカだと思っていた男がその考えを証明するような行動をしてくれたら」

「そうだな」ジェッシイが言った。

彼らは、エレベーターでペントハウスまで行き、オフィスのドアのブザーを鳴らした。誰かと尋ねる声がした。

「マサチューセッツ州パラダイスのストーン署長と」ジェッシイが言った。「シンプソン刑事です」

スーツがニヤッとした。

「シンプソン刑事」彼がつぶやいた。

すぐに、カチッという音がしてドアが開き、彼らは中に入った。身だしなみのよい若い女が、二人を短いレセプション・エリアを通ってトム・ノーランのオフィスに案内した。ビルの正面側を占める狭い部屋だった。ガラスの壁からウエスト・サイドの一部を見渡すことができる。

部屋は七人が入ったために、混雑した。ノーランは、左の壁際においてある半円形の机の後ろに座り、窓の方を向いていた。四人が、窓に背中を向けて机の前の椅子に腰をかけていた。オフィスの一番奥に、小さな白いピアノがあった。その間に、あまりにも多くの小テーブルや、余分の椅子や、厚いクッション、フロア・ランプがおいてある。スーツは、歩いていって窓のそばに立った。ジェッシイは、ノーランの机の近くに立った。出席者の紹介があった。現在の妻のローリー・ウィークス、前妻のステファニー・ウィークス、ウィークスの調査員のアラン・ヘンドリックス、ウィークスの弁護士のサム・ゲイツ。

「エレン・ミリオーレは、現在イタリアに住んでいます」ノーランが言った。「ですから、ここには来ていません。ウォルトンの人生には、他にもあまり重要でない人物がいますが、どのぐらいの範囲で集めてほしいのか、よくわからなかったもので」

「エレン・ミリオーレは、ウィークスの最初の奥さんですね？」ジェッシイが言った。

「そうです」

「これだけ集めていただければ結構です」

「ミスター・ノーランが紹介してくださったように」ジェッシイが言った。「わたしは、ミスター・ウィークスとミズ・ロングリーが殺害されたマサチューセッツ州パラダイスの警察署長です。窓際にいる若い大男は、シンプソン刑事です」

スーツが、集まった人々に向かって厳かに頷いた。

「最初に」ジェッシイが言った。「お悔やみを申し上げます」

「質問をしてもいいですか？」ゲイツがきいた。

「どうぞ」

「パラダイスは小さな町ですな？」

「そうです」ジェッシイが言った。

「あなたの警察はどのくらいの規模ですか？」

「十二人」ジェッシイが言った。「プラス、わたしです」

「犯罪が大きいのに、警察力が小さく、おそらく、経験不足でもある場合、州警察の介入はよくあることですか？」

「非常によくあることです」ジェッシイが言った。

「しかし、今回はそうではない？」ゲイツがきいた。

「州警察は、現在、待機しています」

「しかし、あなたが捜査の指揮をしておられる」

「そういうことです」

「これは、かなり重要な殺人事件です」

「殺人事件はみな重要です」

「一本《トゥシェ》やられましたな」ゲイツが言った。「言い換えさせてください。この殺人は、全国的に関心を集めている」

「複数の殺人です」ジェッシイが言った。

「そうですな。これらの殺人は、全国的に関心を集めている。あなたのところには、必要な人員がそろっていますか？」

「ええ、そろっています」

「自信がおありだ」ゲイツが言った。「それは認めましょう」

「ありがとうございます」

「われわれに質問があるんでしょう」トム・ノーランが言った。

「ええ、あります」ジェッシイが言った。

彼は、ローリーを見た。

「あなたが、葬儀の手配をなさった」

「ええ」

「密葬ですか？」

「ええ。ウォルトンは、それを望んだと思いましたので」

「こちらにもどってから」ジェッシイが言った。

「ええ。ここがウォルトンとわたしの故郷ですから」彼女が言った。「ミスター・ルッツが葬儀の手配を手伝ってくれました」

「あの女性の葬儀も？」

「そのくらいはすべきだと思いました。彼女の親族には、心配する人など誰もいないようでしたから」

「それで、彼女もここに連れ帰って埋葬した」

「ええ。一番手っ取り早いと思いましたから」

「それも、ルッツがやってくれたのですか？」

「ええ」

「少しぐらい正式な葬儀をやってもよかったのではないかしら？」ステファニーが言った。

ローリーが、呆然として彼女を見た。

「わたしはショック状態だった。今も」彼女がやっと言った。

ステファニーが肩をすくめた。

二人の妻は、どこか似ていた。黒髪、見事な肉体、高価な服、巧みな化粧。ジェッシイの目には、ステファニーはローリーよりも二十歳ぐらい年上に見えた。それを除けば、二人にほとんど違いはない。

二人の女は、黙って互いに見つめ合った。やがて、ローリーが再び口を開いた。

「わたしは、ただ、あまりにも悲しみに打ちひしがれて」彼女が言った。「どうしたらいいかわからなかった」

「こういう状況では、どうすべきか、なかなかわからないものです」ジェッシイが言った。

「ああ、神様」ローリーが言った。「何てひどいことなの」

「ミズ・ロングリーには親族がいない」ジェッシイが、トム・ノーランに言った。「そういうことですね」

「いえ」ノーランが言った。「雇ったときに、彼女が親族の名前を一人も書かなかったということです。誰も名乗りでてないのですか？」

「ええ」

「なんていうことだ」ノーランが言った。「世間はこのニュースでもちきりだ。もし親か誰かがいれば、聞いているはずだ」

「ウィークスのほうが注目されていますから」ジェッシイが言った。

ノーランが頷いた。

「それでも」彼が言った。

ジェッシイが、肩をすくめた。

「遺産は誰が受け取るのですか？」ジェッシイがきいた。

「遺産問題はまだ解決していません」ゲイツが言った。「当然のことながら複雑なんです。しかし、三人の奥さんは相当の遺産を受け取ります」

「他の人よりも遺産が多い人はいますか？」ジェッシイがきいた。

「ローリーが一番多く受け取ります」

「奥さんたち以外にはいませんか？」

「いろんなスタッフにわずかずつ遺贈があります。それから、アラン・ヘンドリックスにも相当の遺贈があります」

ジェッシイが、ヘンドリックスを見た。ハンサムな若い男で、髪を短く刈りこみ、黄褐色の肌をしている。ジェッシイより背が高く、ほっそりとして黒縁の眼鏡をかけている。

「ウィークスの調査員ですね」ジェッシイが言った。

「ええ。ウォルトンは、盛んに電話を利用していましたが、わたしは、主として現地調査でした」

ジェッシイが頷いた。自分の居場所である窓の近くでは、スーツがメモをとっている。

〝万が一にも、俺たちの署に刑事が来るとしたら……〟

「ウィークス・エンタープライズはどうなりましたか？」ジェッシイがきいた。

「テレビとラジオで、回顧特集をやっています」ノーランが言った。「おわかりですよね、一番良いものを……新聞のコラムと同じです」

「それから？」

ゲイツが割りこんできた。

「遺産問題が解決すれば」ゲイツが言った。「故人の希望に添って処理します」

「番組や新聞のコラムは、誰が引き継ぐのですか？」

「ローリーです。何か不都合なことが起きない限り」

「たとえば？」

「財産分割に関する問題」ゲイツが言った。「長引く訴訟。ウォルトン・ウィークスは、大衆向けのフランチャイズです。そういう例に違わず、当フランチャイズも流通性と継続性に依存しています。ウォルトン・ウィークスが、長い間、市場に出ていないと、彼の価値は相当下がります。誰にとっても」

「あなたは訴訟を起こすつもりですか？」ジェッシイが、ステファニー・ウィークスに聞いた。

「いいえ。彼女は、わたしから正々堂々と彼を奪いました」ステファニーが言った。「だから、当然、彼女の権利ですわ」

ローリーはステファニーを見たが、何も言わなかった。

「あなたはどうするつもりですか？」ジェッシイがヘンドリックスに聞いた。

「ウォルトンの残したものを継続したいと思っています」ヘンドリックスが言った。「何らかの方法で」

「遺産問題になぜこんなに関心を持つのですか？」ゲイツが言った。

「情報を集めているだけです」ジェッシイが言った。

「相続が動機だと考えているのですか？」

「まだ結論は出していません」

「今回の犯罪について、あなたなりの推論がおありですか？」

「ウォルトン・ウィークスとケアリー・ロングリーは、同じ銃で殺害されました」ジェッシイが言った。「同じ人物もしく人物たちによって使われたと推測しています」

「それだけ？」ゲイツが言った。

「ええ。彼がなぜボストンにいたかご存じの方はいらっしゃいませんか？」

誰も答えなかった。

「ミセス・ウィークスはいかがです？」ジェッシイがローリーに言った。

「ただ、ビジネスで行くと言ってました」

「どのくらい滞在する予定でしたか？」

「言いませんでした」

「しばらく帰らなくても、心配しなかったのですか？」

「しばらく出かけるのは、しょっちゅうのことですし」ローリーが言った。「わたしたちの結婚は、相手の行動を監視するものではありませんでしたから」

「あなたと結婚していた頃も、同じでしたか？」ジェッシイがステファニーに言った。

「ええ。たいていは、女と一緒でした。わたしたちの結婚生活が終わる頃は、彼女がそういう女でした」ステファニーが、顎でローリーを指し示した。

「まあ、家庭を守る貞淑な妻みたいな言い方ね」ローリーが言った。「あなたも結構忙しかったんでしょう」

「みんなそうじゃないの」ステファニーが言った。

ローリーが赤くなった。

ヘンドリックスが、彼女の前腕に手を置いた。

「奥さま方」彼が言った。「今は、そんなことを言ってる場合じゃありません」

みんな沈黙した。ジェッシイが待った。誰も話し出さなかった。

「ウォルトン・ウィークスとケアリー・ロングリーを殺したいと思うような人物は誰か、心当たりのある方はいませんか？」

誰も口を開かなかった。ジェッシイは待った。

それから、ヘンドリックスが言った。「たぶん、誰かが、二人のうちの一人を殺したくて、もう一人は副産物として死んでしまった、ということではないだろうか」

「ありうることですな」ジェッシイが言った。「どちらが狙われたのでしょうか？」

「あきらかに、ウォルトンのほうが著名人です」ヘンドリックスが言った。「そして、死後は……さらに目立つように展示されたかっこうです」

「ええ」ジェッシイが言った。「その通りです。他に何かご意見は？」

誰も口を利かなかった。ジェッシイは、彼らに感じの良い笑みを浮かべた。

「おそらく、捜査の過程で」ジェッシイが言った。「あなた方の一人一人と個別に話をする必要にせまられるでしょう。互いに近くに住んでいるわけではありませんから、行ったり来たりすることになるかもしれません。しかし、電話や、ファックスやEメールがあります。わたしたちは小さな署ですが、非常に近代的です」

誰も何も言わなかった。ジェッシイは、名刺をまだ持っていない人に渡した。

「シンプソン刑事、何か付け加えることはありますか？」

「いいえ、ありません」スーツが言った。

ジェッシイは頷き、全員に再び微笑みかけた。

「いずれ連絡をとらせていただきます」彼が言った。

22

「俺は、あの女たちが気に入りましたよ」コネチカット州を北に向かって走っている車の中で、スーツが言った。

「肉体的な意味でか？」

「もちろん、違いますよ。俺は、そのう、刑事みたいなもんですから」スーツが言った。

「あの女たちをもう少し追及すれば、爆発して、俺たちの知らないことがわんさと飛びだすと思うんですが」

「前妻と現在の妻との間には、普通、緊張があるものなんだ」

「経験からそう言ってるんですか？」スーツが言った。

「そうでなければ意見は言えないだろう」

「それじゃ、あの人たちのことをどう思うんですか？」スーツが言った。「俺には、みんながウィークスの脛《すね》をかじっていたように見えます。彼が死んでしまった今は、残りものを求めて先を争っている」

「なぜ、そう思うんだ？」ジェッシイがきいた。

「理由はいくつかあります。第一に、当然ながら、乳牛が死ねば、今度はどこでミルクを手に入れるか、誰でも心配になる」スーツが言った。

ジェッシイが頷いた。車は、左側にハートフォード市を擁するコネチカット川のチャーター・オーク・ブリッジに上っていった。

「第二に」スーツが言った。「誰一人としてウォルトンの死を悼んでいるように思えなかった」

「殺人事件の後では」ジェッシイが言った。「表情がなく感情を失ってしまったように見えることがあるんだ。ほとんどは、ショックからだ」

「ウォルトンがどんな男だったか知っていますか？」スーツがきいた。

「いや」

「彼について何か言った人がいましたか？」

ジェッシイは、助手席からスーツをチラッと見て、ゆっくり頷いた。道路に目を向けて運転しているスーツは、彼が頷くのが見えなかった。

「記憶にないな、シンプソン刑事」ジェッシイが言った。

「一人もいませんでした」スーツが言った。「昨日の夜、ホテルでメモを読み返したんです。彼を愛していたと言った人は一人もいません。世界は偉大な男を失ったと言った人もいません。彼がいなくなって寂しいと言った人もいません」

「ヘンドリックスは、ウォルトンの残したものを引き継ぎたいと言っていたが」

「それはどういう意味なんです?」

「ウィークスの仕事が欲しいという意味だろうな」

スーツが頷いた。

「それから、妻は、現在の妻ですが」スーツが言った。「遺体を引き取りたいとも言いませんでした」

ジェッシイが頷いた。

「それに、夫が家に帰ってこなくても心配しなかったし、死んだと聞いても、顔を出さなかった。誰も出頭しなかった。弁護士も、マネージャーも、調査員の男も。そのうちわかるんじゃないですか、すべての手配はルッツがやったって」

「ヘンドリックスだ」ジェッシイが言った。

「それから、前妻」

「ステファニーだ」

「だから、メモをとったんです」スーツが言った。「名前がちっとも覚えられないんで」

「何でも役に立つなら、やればいい。ステファニーがどうした?」

「ほのめかしていましたよね、たぶん、妻が……」

「ローリーだ」

「そのローリーが」スーツが言った。「浮気でもしていたんだろうって。だから、ウィークスが帰ってこようが、帰ってこまいが、気にしなかったと」

「そうははっきり言わなかった」ジェッシイが言った。

「そういう意味で言ったんだと思いますよ」

「そのうちわかるだろう」

「ヴァーノンのあのデリカテッセンに寄るんでしょう」

「〈レインズ〉だ」ジェッシイが言った。「軽いライ麦パンのタン・サンドイッチがいい」

「タンですか？」

「そうだ」

「牛タン？」

「ああ」

「へえ」スーツが言った。

彼らは、八四号線から適当な入口で脇道に入った。

「俺、何か見落としましたか？」スーツが言った。

「ニューヨークでか？　お前が見落としたなら、二人とも見落としたことになる」ジェッシイが言った。

「二人とも見落としたとは思いません」

「だが、一つ忠告がある」ジェッシイが言った。「俺の長年の経験からだ」

「何ですか？」

「お前が、証人としてあの女たちを気に入ったという事実は」ジェッシイが言った。「肉体的な意味で気に入ってはいけない、ということではないんだ」

「そりゃ、すごいや」〈レインズ・デリ〉の前の駐車場に車を入れながら、スーツが言った。「なるほど、あんたが署長になるのも当然だ」

「天賦の才だよ」ジェッシイが言った。

23

「その後どう?」ジェッシイが、電話でサニーに言った。

リビングのバーのオジー・スミスの写真の前で、グラスを手に座っている。

「思っていたよりいいわ」サニーが言った。「初めから同情する覚悟でいたもの。二人とも女だし、彼女はレイプされたんだから」

「女の絆は強い」

「あなたには絶対わからないわ」

「そうだろうな」

彼は、グラスを持つ手を伸ばし、滑らかなウイスキーときれいな氷を見た。少し飲んだ。

「でも」サニーが言った。「覚悟していなかったことがあるの……彼女が気に入ったわ」

「結構人好きがするからな」

「ほんとね」サニーが言った。「好奇心がある。頭がいい。人の話を聴く。理解力がある。滑稽で、世間ずれしている」

「同感だ」

「わたしたちも、世間ずれしているけど」

「わかってる」

「でも、そんな彼女だけれど」サニーが言った。「どこか保護してあげたくなるようなところがあるのね。小さな女の子のように、ほんとうは一人で人生に立ち向かってはいけないようなところが」

「それもわかる」ジェッシイが言った。

彼は、ウイスキーを素晴らしいと思った。

「わかったわ。なぜ彼女を手放せないのか」サニーが言った。

ジェッシイは、もう一口飲んだ。

「わたし、彼女を信じていいのかしら？」

ジェッシイは、グラスをカウンターに置いた。

「いや」彼が言った。

「完璧な人はいないわ」

「完璧度が低い人間はいるんだ」ジェッシイが言った。「夜は、誰が付き添っている？」

「誰も。彼女は、安全なビルに住んでいるわ。二十四時間、守衛がいる。夜、彼女の仕事が終わると、わたしが家まで送り、朝、出かけるときに迎えにいってるの」

「レイプ犯を見つける時間があまりないな」

「そいつがストーカーなら」サニーが言った。「わたしたちを見つけてくれるんじゃないかと思っているんだけど」

「プランBはあるのかい？」

「もちろん」サニーが言った。「わたしの友だちのスパイクを覚えているでしょう」

「ああ」

「二人を紹介して」サニーが言った。「彼女がスパイクにお守りされるのを認めて、その間にわたしがレイプ犯を探しにいけるか、やってみるつもり」

「スパイクは役に立つかもしれないが」ジェッシイが言った。「彼女は、彼がゲイなのが気に入らないだろう」

「誘惑できないから？」

「まあ、そんなところだ」

「彼女のことを知っているのね」

「誰よりも彼女のことは知っている」ジェッシイが言った。話をしながら、グラスにもっと氷を入れ、ウイスキーを足した。「しかし、判断ができない。彼女に関するいろいろな事実は知っているのに、そこから首尾一貫したものを導き出せないんだ」

「そうね」

ジェッシイは、二杯目のウイスキーを飲み始めた。

「ウォルトン・ウィークスの件は、どうなっているの？」サニーがきいた。

「情報を集めている」

「有望な情報はあるの？」

「時期尚早だ」

「それに、市民の注目は、迷惑なだけね」サニーが言った。「あなたが、そこに座って関連のない膨大なデータを眺めているときに、誰も彼もが、逮捕しろとわめきたてているんでしょう」

「そうなんだ」ジェッシイが言った。「彼は、知事の友人だったからな」

「あら、大変！」

「まあな」

「わたしたちは二人とも、殺人事件では誰に最初にあたるべきか、知ってるわ」

「事件の裏に《シェルシェ・ラ》大切な人あり、だろう？」

「そうよ《ウイ》」

「前妻が三人いる」ジェッシイが言った。「現在の大切な人は、彼と一緒に殺された」

「彼女には、大切な人がいたのかしら、ウォルトンの他に？」

「いい思いつきだ」ジェッシイが言った。「まだわからないが」

「彼とパラダイスの関係はわかっているの？」

「いや」

「知事とのつながりは？」

「いや」

「ボディガードはどうなの？」

「事件についてよく知っているじゃないか」

「興味を持って新聞を読んでいるし」サニーが言った。「わたしの親しい警察官が、この事件に関わっているわ」

「そうじゃないかと思っていた」ジェッシイが言った。「ボディガードは、ボルティモアで警官をやっていたことがある」

「確かめたの？」

「まだだ」ジェッシイが言った。「もし嘘をついているなら、なぜ簡単にチェックできることに嘘をつくんだい？」

「銃は？」

「九ミリのグロックを持っている」ジェッシイが言った。「試験発射をしたが、凶器ではなかった」

「きっと犯人は見つかるわ」サニーが言った。「男か、女か、それとも複数人かわからないけど」

「見つからないこともあるんだ」

「わかってるわ」

二人は黙った。ジェッシイは、サニーが何かを飲みこむのを聞いたような気がした。

「飲んでいるのか？」彼が言った。

「白ワイン」サニーが言った。「あなたはスコッチ？」

「そう」

「空想のお酒を一緒に飲んでいるようなものね」

「まるっきり酒がないよりはいい」

二人は、再び黙った。黙っていても気が楽だった。何の緊張もない。二人の間に緊張が生じることは一度もなかったと、ジェッシイは思った。

「リッチーには会っているのか？」ジェッシイが言った。

「今日会ったわ」サニーが言った。「週末をロージーと一緒に過ごすために、迎えに来たの」

「ロージーは、それが気に入ってるのか？」

「ええ。いつも喜んで一緒に行くわ」

「彼はまだ結婚しているの？」

「ええ」

「奥さんはロージーが好きかい？」「リッチーはそう言ってるわ。ロージーも彼女が好きなんですって」

「それで、どう思っているんだ？」

「みじめよ」

「安心なのか」ジェッシイがきいた。「ロージーをあずけても？」

「ええ。寂しいけれど。リッチーは、絶対ロージーを粗末に扱わせないわ。わたしと同じくらいロージーを愛しているから」

「きみとリッチーの間はどうなっているの？」

「彼がここに来たとき？」サニーは考えてみた。彼は、彼女がワインを飲みこむのが聞こえた。彼もグラスを取りあげた。〝いい友だ〟「とても難しいわ。わたしたち両方にとって。まだ……互いに固執していて……自然に振る舞うのが難しいの」

「彼も、そうなのか？」

サニーは、考えてみた。

「リッチーはとても内向的だから、何とも言えない」サニーが言った。「でも、そう思う。わたしが勝手に思いこんでいるわけじゃないと思うの」

「うーん」ジェッシイが言った。「まったく、俺たちはめちゃくちゃだな」

サニーが、ワインをもう一口啜り、ゆっくりと飲みこんだ。ジェッシイに、彼女がワインを注いでいる音が聞こえた。ボトルがグラスの縁に当たってカチッといっている。

「そうらしいわね」ようやくサニーが言った。「もし、めちゃくちゃになる運命ならば、他にめちゃくちゃになりたい人なんていないわ」

「俺もだ」ジェッシイが言った。

24

ジェッシイは、詰所でモリイと一緒にウォルトン・ウィークスのビデオを見ていた。モリイがメモをとり、画面では、ウィークスが下院議員にインタビューをしていた。

「わたしは、もちろん、エコノミストではありません」下院議員が言った。

「それはありがたい」ウィークスが言った。

「しかし、かつてトリクルダウン・エコノミックス（政府資金を大企業に流入させると、それが中小企業と消費者に及び景気を刺激するという理論）と言われた理論への有効な反論をまだ聞いていません」

「金持ちが使えるカネを持っていれば、当然使うから、みんなが恩恵を受けるという理論ですな」ウィークスが言った。

「そうです。カネを再分配する手段としては、政府にカネをあげて再分配してもらうより限りなく効率的です」

「税という形で、ですね」ウィークスが言った。

「そうです」下院議員が言った。

「そうです。もし金持ちに対する税を下げれば、彼らはそれで何かするでしょう。地下室に積んでおくことはない。そのカネを投資すれば、ブローカーがコミッションを得る。車を買えば、セールスマンがコミッションを得る。家を増築すれば、大工、鉛管工、電気屋などが雇用される。経済が恩恵を受け、労働者が恩恵を受ける」

「筋が通っているようですな」ウィークスが言った。「働いていない人はどうなりますか？」

「働いていない人？」

「小さな子供」ウィークスが言った。「小さな子供の母親、高齢者、働けない人たちなどですが？」

「誰もこのような人たちを見捨てたいなどと思っていません。しかし、税金を上げて福祉の支給額を増やすことが、答えではありません」

「答えは何ですか？」ウィークスが言った。

「われわれは、安定した家庭を創る必要があります」下院議員が言った。「子供や妻や高齢者の面倒を見る夫や父親のいる家庭です」

「どのようにやるのですか？」

「ウォルトン、わたしは社会工学の話をするためにここに来たのではありません」下院議員が言った。

「いいえ、そのために来られたのです」ウィークスが言った。「税についてはどうお考えですか」

「高すぎます」下院議員が言った。「高すぎるというのが、わたしの税に対する考えです」

ウィークスは微笑し、カメラを見つめた。

「この問題については、また後ほど」彼が言った。「CMのあとで」

ジェッシイがビデオを消し、モリイが自分のメモを見た。ジェッシイが立ち上がり、部屋の向こうまで歩いていって、裏の窓から公共事業局の駐車場を見た。

「なかなか理性的な男だ」ジェッシイが言った。

「難しい質問をし、追及の手をゆるめませんね」モリイが、まだメモを見ながら言った。

「でも、不愉快じゃないです。ほんとうに関心を抱いているようだし、安易に〝了解、わかった〟なんて言ってないみたいですからね?」

「俺は、一時間ぐらい前の話が気に入ったな。別の男が安定した家庭を創る必要性について語ったとき、ウォルトンが言っただろう。〝では、あなたはゲイの結婚に賛成ですか?〟って」

「ええ。あの時良かったのは」モリイが言った。「決めつけた言い方をしなかったことですよね。〝なるほど! では、あなたはゲイの結婚に賛成なんですな〟なんて言わなかった。ただ正直な質問をしただけ」

「道理でみんなに好かれるわけだ」

「彼の番組を見たことないんですか？」

「野球しか見ないんだ」ジェッシイが言った。「一日中彼の番組を見たからって、彼の何がわかるんだ？」

「彼は、無党派よ」モリィが言った。「あの男に、貧困に喘ぐ人々をどうやって助けるのかと迫ったし、ちょっと前は、福祉についてどこかの黒人活動家に挑んでいたわ」

彼女は、再びメモを見た。

「〝もし、それがそんなにいいなら〟彼は言ってるわ。〝なぜ五十年前より健全な黒人家庭がこんなにも少なくなっているんですか？〟」

「それは本当なのか？」ジェッシイが言った。

「わたしが知るわけがないでしょう」モリィが言った。「でも、彼が何か言うと、信じたくなるのよ」

「つまり、彼は、好ましく、信じるにたる男で、本質的に無党派で」ジェッシイが言った。

「真摯に真実を追究しているらしいな」

「そうよ」

「誰かが彼を殺したいと思うのも頷けるな」

「あまり真実の探求などしてもらいたくないですからね」

「そうなれば、知っての通り、政治も終わりだ」

「彼がテレビに出ていられるなんて驚きだわ」

「彼のコラムがいっぱい詰まったフォルダーがあるんだ。今晩読まなければ」ジェッシイが言った。「皮肉はさておき、彼は自分の、何て言うか、政治のために、殺されて木に吊るされるような男には見えない」

「そのためにこのビデオをずっと見ていたのですか？」モリイが言った。「それを発見するために？」

「被害者のことを知るのは、いいことなんだ」

「二人いますよ」

「わかってる」ジェッシイが言った。「しかし、彼女はビデオを残さなかった。彼を殺した犯人を捕まえれば、彼女の犯人も捕まえることになる」

「問題は」モリイが言った。「いろんなことがありすぎるってことです。ビデオテープ、新聞のコラム、被害者が二人、前妻が三人、ボディガード、調査員、弁護士、マネージャー、他にも誰がいるかわかったものじゃない」

「ありすぎるなんていうことはないんだ」

「でも、ちょっとうんざりだわ」

「ただの仕事だ」

「うんざりするほどたくさんありますけど」

ジェッシイがにっこりした。

「俺たちはやれるさ」

モリイが、ノートを閉じた。

「わたしたちなら、確かに、やれますよ」モリイが言った。「子供たちは、きっとわたしのことをマミーおばさんと呼ぶようになるでしょうけど」

「今夜は休みをとりなさい」

「まあ、驚いた」モリイが言った。「外に厳しく、内には優しいのね」

「正しい処置だろう」ジェッシイが言った。「警察官として」

モリイが微笑んだ。

「反対のときもありますよ」

「考えていたことがあるんだ、モル」ジェッシイが言った。「たぶん、きみなら助けてくれる」

「わたしの部屋にいらっしゃい、と蜘蛛が蝿に言いました」

「えっ？」ジェッシイが言った。

「〝たぶん、きみなら助けてくれる〟は、〝モリイ、仕事がある。でも、俺はやりたくないんだ〟の暗号なんです」

「モリイ」ジェッシイが言った。「俺は署長だ。だから、自らは行なわず、委託する」

モリイが頷いた。

「それも、すばらしく巧みに委託するんですよね」彼女が言った。「何をしてほしいのですか？」

「われわれが知っている範囲では」ジェッシイが言った。「ウィークスは入隊しなかった。銃を携行する資格も持っていなかった。保全許可（秘密区分資料に近づくことを認める許可）もとらなかった」

「だから？」

「だから、なぜウォルトン・ウィークスの指紋が照合システムに入っているんだろう」

モリイは、しばらく黙っていた。

それから、言った。「調べてみます、署長」

25

サニーとスパイクは、車でジェンをチャールズ・ストリート一番地の彼女の新しいコンドミニアムに送っていった。サニーは、スパイクがジェンを部屋まで送っていき、部屋の中に誰もいないことを確かめる間、車をアイドリングさせたまま待っていた。夕刻の早い時間で、冷たい雨が降り、風が強かった。チャールズ・ストリートの向かいで、トレンチコートを着た一人の男が、戸口の陰に立っていた。ポケットに手を入れ、つばの広い帽子を目深に被っている。サニーは、彼をじろじろと見たが、顔はどうしても見えなかった。彼は動かなかった。キングス・チャペルの外で見かけた男かもしれない。あるいは、ハンフリー・ボガートかも。スパイクがジェンの部屋から戻ってきて、前の席に乗りこんだ。床の上でロージーが顔を上げてうるさそうにスパイクを見たが、再び暖房の方に頭を向けてゆったりと横になった。

「犬は、やたらと縄張り意識が強いな」スパイクが言った。

「自分の居場所が必要なのよ」サニーが言った。

「こいつの体重は三十ポンド」スパイクが言った。「俺は、二百五十あるんだぞ。俺だって自分の居場所が必要だ」

「二百五十は希望体重じゃないの」サニーが言った。「通りの向こうのあの男、見える?」

「どうにか」スパイクが言った。

「このブロックを回るから、わたしたちがいなくなったら、あいつが何をするか見ていて」

「あいつが誰かわかるのか?」スパイクが言った。

「よく見えないのよ」

「あそこに行って、何者なのかきいてやろうか?」

「まあ、強引ね」サニーが言った。「失礼ですが、もしかして、あなたは誰かをつけ回していますか?」

「ほんの思いつきさ」

サニーは車を発車させ、パーク・スクエアの方に向かった。フォー・シーズンズ・ホテルの裏で左折し、アーリントンで左折し、サウス・エンドを通って簡単にブロックを一回りし、チャールズに戻った。男は消えていた。サニーは、そのままチャールズをゆっくり走ったが、男の姿は見えなかった。もう一度ブロックを回ったが、今度も空振りだった。

「一杯どう？」サニーが言った。

「ロージーはどうする？」スパイクが言った。

「フォー・シーズンズに行きましょう」サニーが言った。「ドア係が見ていてくれるわ」

彼らは、階下のバーに座った。サニーはコスモポリタンを注文し、スパイクはバーボンを頼んだ。

「それで、ジェンをどう思う？」サニーがきいた。

「俺は、彼女にとって完璧なボディガードだと思うぜ」

「タフな妖精よ」

「俺は彼女を守ることができるが、彼女は俺を誘惑できない」

「誘惑すると思う？」

「誘惑なら、彼女はやり方を知っているんだ」スパイクが言った。「セックスを望んでいるのかいないのかはわからない。しかし、自分の欲しいものを手に入れるためには、利用するだろうな。もし、俺がストレートなら、ビーグルのように彼女のあとをついてまわってるだろう」

「彼女はとてもエネルギッシュね」

「それに、非常に情熱的だ」

「スパイク、あなたがそういうことに気づくとは思わなかった」

「気づくよ」スパイクが言った。「ただ、俺にはどうでもいいことなんだ」

「ジェッシイが言ったんだけど、セックスが利用できないから、彼女は、あなたのことを気に入らないだろうって」

「ジェッシイのいうとおりだ」スパイクが言った。「だが、俺を受け入れると思うよ。俺は大きくて強いし、彼女は今怯えているから。でも、俺はジェンのような女を知っているんだ。彼女はホモが嫌いではないし、俺も彼女とセックスしてもオーケーだ。だが、こういう女たちは、セックスがらみでしか男との付き合い方を知らない。だから、それが不可能だと、ちょうど俺の場合のように、不安になるんだ」

「そういうのが好きな女もいるわ」

「ああ、大勢いる。そういう女は、自分の裸に興味を持たない男のほうが落ちつくんだ。ジェンはそういう女ではない。男は彼女の裸を見たいものだと思いこんでいる」

「彼女のことをふしだらだと思う？」

スパイクは、バーボンを啜った。

「ハニー」彼が言った。「俺は、ふしだらが何を意味するのかも、もうわからないんだ。ただし、俺は、たぶん、それを気に入っていると思う。きっと、彼女はセックスが好きで、好きだから、誰かと寝るんだろう」

「そのこと自体あまり悪いことではないわ」

「きみなら当然わかるだろうが」スパイクが言った。「彼女はセックスに駆りたてられることはないと思う。セックスをすることもできるし、しないでもいられる。しかし、目的物から目を離すことはない」

「それは、素晴らしい時を過ごす以上のことだと思うの？」

「そうだ」

「その目的物が何だかわかる？」

スパイクは、再びバーボンを啜り、飲みこむ前にしばらく口の中に入れたままにしておいた。

「いや」彼が言った。「彼女もわかっているかどうか。でも、オーガズムを得ることではないんだ」

「あなたは、まだ彼女と三時間ぐらいしか一緒にいない」サニーが言った。「それなのに、ずいぶんよく知っているようね」

「注意していれば、三時間と言えども長い時間だ」

「それに、頭もいいわ」

「それもある」スパイクが言った。「プラス、彼女を見ていると、ある人物を思い出すんだ」

「わたし？」

「いや」スパイクが言った。「俺には、あんたが自分の手に入れたい物を知っているかどうか、よくわからない。でも、あんたは、それを得るためにセックスを利用することはない」

「ありがとう」

「どういたしまして」

「それで、誰を思い出すの？」

「俺だ」

サニーは、コスモポリタンを口に持って行きかけたまま、椅子にもたれた。

「うーん」彼女がようやく言った。「肉体的な類似は、目を見張るほどだわ」

スパイクが肩をすくめた。彼女はグラスを唇まで持っていき、飲んでグラスを置いた。

「ジェンと恋に落ちるのはどう？」彼女が言った。

スパイクが、ゆっくり首を振った。

「こりゃ、驚いた！」彼が言った。

26

スーツが、ジェッシイのオフィスに入ってきて腰をかけた。

「モリィに言われたんですけど、ぼくにウィークスの指紋を探すようにおっしゃったそうですね」

ジェッシイがニヤッとした。

「彼女はいつか署長になるぞ」ジェッシイが言った。

「えっ？」スーツが言った。

ジェッシイが、首を振った。

「何がわかった？」彼が言った。

スーツがノートを取り出した。

「ウォルトン・ウィークスは、一九八七年、メリーランド州ホワイト・マーシュで、公共の場で猥褻行為をしたとして調書をとられています」

「そのとき指紋を採られたんだな」ジェッシイが言った。

「調書にはそう書いてあります」

「調書をとったのは誰だ？」

「ボルティモアの郡警察です」

「名前はわかるか？」

「いいえ」

「電話は？」

「モリイは、なぜ彼が指紋照合システムの中に入っているのか調べるように言ったばかりなんですよ」スーツが言った。「これで、俺の刑事への昇進は遅れますか？」

「たぶんな」ジェッシイはそういうと、前屈みになって電話を自分の方に引っ張った。

「自ら捜査を続行するのですか？」スーツが言った。

「腕が鈍らないようにしたいからな」ジェッシイは、そう言って四一一をダイヤルした。

二回待たされ、一回かけ直させられてから、ジェッシイは、やっとホワイト・マーシュのボルティモア郡警察九分署の巡査部長と話すことができた。

「確かにわれわれは、ウォルトン・ウィークスを逮捕してます」巡査部長が言った。

「一九八七年」ジェッシイが言った。「公共の場での猥褻行為」

「驚いたな」巡査部長が言った。「彼は何をしたんです、自分のあれを誰かに向けて振ったとか？」

「知りませんよ」ジェッシイが言った。「こっちのほうこそききたかったんです」

「おやおや」巡査部長が言った。「記録管理のテストですか」

「何かわかりますか?」

「どちらの方でしたっけ?」

「パラダイスです。マサチューセッツ州の」

「ボストン郊外ですね? ウィークスが撃たれたところだ」

「新聞を読んでますね」ジェッシイが言った。

「それから、テレビを見て、ラジオを聞いている」巡査部長が言った。「幸運を祈る」

「ありがとう」

沈黙が流れた。ジェッシイに、コンピューターのキーを叩く音が聞こえた。

「新しいシステムだ」巡査部長がつぶやいた。

「俺はそういうのはさっぱりです」

「そう」巡査部長が言った。「同感です」さらにキーを叩く音。

「チェッ!」巡査部長が言った。彼の声が高くなった。「アリス、ここへ来て、ちょっとやってみてくれないか?」

ジェッシイに、背後で何か言っている女の声が聞こえた。

「ウォルトン・ウィークス」巡査部長が言った。「公共の場での猥褻行為、一九八七年」

女のつぶやく声が再び聞こえた。コンピューターのキーを打つ音がした。ジェッシイは待った。

「出てこい、出てこい、出てこい」巡査部長が言った。

コンピューターに話しかけているのだ。

「よし」巡査部長が言った。「出てきたぞ。何だ。ずっと下の方か。ウォルトン」

「何て書いてあります」ジェッシイが言った。

「ホワイト・マーシュ・モールに二、三件の苦情が寄せられた。警察官が見に行って、ウォルトンがメルセデス・セダンの後部座席で女とやっているのを発見した」

「その女は何歳です？」

「ボニー・フェイソン」巡査部長が言った。「年齢、十九」

「どんな処置をとっていますか？」

「二人とも調書を取った。それで終わりだ。事件はすぐに取り下げになった」

「上層部に友だちか」

「まあ」巡査部長が言った。「いずれにせよ、大した事件じゃなかった。逮捕した警官は、ただ彼らを追っ払えばよかったんだ」

「いったん連行すれば……」

「調書を取らなければならない」

「女については何か知ってますか?」

「わかっているのは、一九八七年の住所だけだ」

「それを教えてください」ジェッシイが言った。

27

モリイが、一人の女を伴ってジェッシイのオフィスに入ってきた。女は白のチュニックに黒のパンツをはいていた。黒のブーツは三インチのヒール付き。髪は黒で、前の部分に派手なシルバーを一筋入れている。ジェッシイは、女を案内してきたモリイの様子から、モリイが女を認めていることを感じ取った。

「エレン・ミリオーレさんです」モリイが言った。「こちらは署長です」

ジェッシイが立ち上がり、二人は握手をした。女が腰を下ろし、モリイはドアを開け放したまま、部屋を出ていった。

「ウォルトン・ウィークスの最初の奥さんですね」ジェッシイが言った。

「ええ」女が言った。「もっと早く来られなくてすみませんでした。イタリアに住んでおりまして、ウォルトンのことはつい最近聞いたばかりなのです」

「お悔やみ申し上げます、ミセス・ミリオーレ」ジェッシイが言った。

「どうぞエレンと呼んでください」彼女が言った。「ウォルトンと別れてからずいぶんたちますので、この事件を苦痛と感じるほどではありません。でも、あの人とは五年間結婚していましたし、彼のことは好きでした」

ジェッシイが頷いた。

「何かご用件でも、エレン？」

「いいえ、署長さん、わたしのほうこそ何かお役にたてますでしょうか？」

「ジェッシイです」彼が言った。「そのためにここまで来られたのですか？　イタリアから？」

「ええ」彼女が言った。「ジェノヴァからですわ」

「具体的に何か考えていらっしゃることがありますか？」ジェッシイがきいた。

「いいえ」彼女が言った。「わたしがウォルトンを知っていたのは、ずいぶん昔のことです。でも、彼のことはよく知っていましたし、気になるのです。葬儀はすんでいるのですか？」

ジェッシイが頷いた。

「ローリーが？」

「そうです。MEから遺体を返してもらうとすぐに。簡単な内輪だけの式でした」

「ME？」

「検死官のことです」ジェッシイが言った。

エレン・ミリオーレは、頷き、しばらく頭を垂れて黙っていた。

それから、言った。「可哀相なウォルトン」

ジェッシイが頷いた。

「独りぼっちで」エレンが言った。

ジェッシイが頷いた。

「あの人はいつも独りぼっちでした」

「いつも?」

「たぶん。わたしが知っていた頃は、確かにそうでした」

「あなたと一緒にいたときでも?」ジェッシイがきいた。

「一緒にいる相手が誰だろうと」

「その点をもう少し話してください」ジェッシイが言った。

その時にはジェッシイも自分の椅子に腰をおろしていた。片足をつっぱらせ、両手を組み、じっと動かない。雨が彼の後ろの窓を曇らせていた。五月になって、今までに晴れた日が五日間。

「彼は、何か秘密を知っているような感じでした」彼女が言った。「あの人しか知らない悲しい秘密。そのために、誰に対しても少しよそよそしかったのです。どこか他人行儀でした。最も親密な時でさえ、最も親密な相手といるときでさえそうでした」

「あなたでも」ジェッシイが言った。

「わたしでも。他のどんな女でも。他のどんな人でも」

「秘密とは何です？」

「わかりません。どのようにきいたらいいかもわかりませんでした。きいたとしても、秘密なんかない、他人行儀でもないと言ったでしょう」

「彼の言うとおりだったかもしれませんよ」ジェッシイが言った。

「いいえ」エレンが言った。「あの人は他人行儀でした。あの人の周りには沈黙の空間がありました」

「たぶん、内向的な男だったのでしょう」

「あなたのように」彼女が言った。

「わたしのように？」

「ええ。あなたは非常に内向的ですわ。そして、あなたの周りにも沈黙の盾があります」

「しかし、わたしに悲しい秘密があるでしょうか？」

「あなたのことはよく存じ上げませんわ」エレンが言った。「でも、五年間あなたと一緒に寝れば、わかります」

ジェッシイが微笑した。

「悪くないですね」

「わたしは、あなたには年寄りすぎますわ」

「いいえ」ジェッシイが言った。「そんなことはありません」

エレンは微笑んで、感謝の印にジェッシイに軽く頭を下げた。

「わたしはいつも、女遊びに関係があるのではないかと思っていました」

「女遊び」ジェッシイが言った。

「ええ。強迫観念にとらわれていました」

「女遊びをするのは、彼の秘密のためだと思われるのですね？」ジェッシイが言った。

「あるいは、それが彼の秘密だったと？」

「わかりませんわ」彼女が言った。「でも、これだけはわかります。どんなに大勢の女とつきあっても、あの人の孤独は、身体の底に染みついたままでした」

「彼は、ボルティモア郊外で逮捕されました」ジェッシイが言った。「一九八七年に、公共の場での猥褻行為で」

エレンが悲しそうに微笑んだ。

「間違いなく若い女と一緒ですわね」

「ええ。ショッピング・モールの駐車場の車の後部座席で」

「若い女が好きでした」

「どのくらい若いのが好きでしたか？」

「時には、おそらく若すぎるぐらいの人も」エレンが言った。「わかりませんわ。捕まったのがその時だけなら、あの人はラッキーでした」

「女はボニー・フェイソン。十九歳でした」ジェッシイが言った。「心当たりはありませんか？」

「いいえ。その頃には、あの人と暮らしていませんでした。一九八七年には、ステファニーの悩みになっていたはずです」

「彼は、あなたと結婚していた頃も、遊び回っていたのですか？」

「ジェッシイ」彼女が言った。「あの人にとって、女遊びができないのは呼吸ができないのと同じなのです。本当に選択の余地はなかったんだと思います」

「では、ステファニーと結婚していたときも、女遊びをしていたと思うんですね？」

「もちろんですわ」

「ローリーの時も？」

「ええ、もちろん」

「ケアリー・ロングリーはご存じですか？」

「あの人と一緒に亡くなった方ですわね？」

「そうです」

「知りません。でも、思い描くことはできますわ。結構若くて美人。ウォルトンのような男と一緒になってかなり驚いている」

「確かに若く美人でした」

「わたしは、彼女のような女の人を大勢知っています」

「妊娠十週でした」ジェッシイが言った。

エレンは、しばらく黙っていた。

「ウォルトンの子供ですの？」

「そうです」

「まあ」エレンが言った。「そんな」

ジェッシイが黙って見ていると、エレン・ミリオーレの目に涙が浮かんだ。

「何てひどいことなの」彼女が言った。「ここまで来て。やっと、ここまで来て……」

「彼は子供が欲しかったのですか？」

「とても欲しがっていました」彼女が言った。「少なくとも、わたしたちが結婚している時は」

「でも、子供はできなかった」

「ええ」

「なぜだかわかりますか？」

「いいえ」彼女が言った。「医者に相談することはありませんでした。お互いに、相手に欠陥があると思っていたほうが、気が楽だったのかもしれません」

「あなたには、その後子供ができましたか？」

「三人」

「すると、あなたは、彼の、うーん、欠陥と考えたわけですね」

「欠陥という言葉が正しくないのはわかっています。それに、子供が生まれる頃には、実は、あまりウォルトンのことは考えていませんでした――でも、そうですわね、わたしたちの結婚をみれば、ウォルトンが不妊症だったということになるでしょうね」

「明らかに、あなた方が二人とも不妊症だったわけではない」

「あの人は、他の結婚でも子供ができませんでした」

「おそらく、今度は医者に相談したのでしょう」

「そうしたのであれば、わたしの知ってるウォルトンではありませんわ」

「人は変わるものです」

「助けがなければ変わりませんわ」

「精神科医の助けですか？」

「ええ。でも、ウォルトンは決してそんなこと考えません」

ジェッシイが微笑した。

「人は変わることもあるのです」

エレンが軽く肩をすくめた。

「あるいは、環境が変わるのです」エレンが言った。

「あなたは、彼が精神科医の助けを必要としていたと思われますか？」

「不妊のことで悩んでいました」彼女が言った。「それから、あの人が周りに距離を置いていることとか……女遊びも。そうです。あの人は助けを必要としていました」

「あなたは、後妻さんたちを知っていますか？」

「会ったことはありますが、あまりよく知りません」

「彼がなぜボストンにいたかは、知っていますか？」

「いいえ」

「パラダイスとの結び付きは？」

「もちろん知ってます」彼女が言った。「あなたはご存じないの？」

ジェッシイが、首を振った。

「子供の頃に、よく来ていたんです。両親は、夏になるとここに家を借りました。あの人は、母親とここで夏を過ごしたのです。父親は週末にやってきました」

「家はどこにあったのですか？」

「海岸の近くと言ってました。どこかの大学教授が、毎年夏にヨーロッパに行くので、家を貸していたんです」

「その後、彼はここに来たことがありますか？」

「わたしの知っている限りは、ありません。でも、そこは常に——い、いしゃれを赦していただければ——あの人の失われた楽園《パラダイス》だったのです。いつも、まるで魔法の国ででもあるかのように、話していました」

「誰が彼を殺したのか、心当たりはありませんか？」

「ありません」

ジェッシイは黙っていた。

「でも」彼女が言った。「きっと女だと思いますわ。あるいは、女のことで」

「あなたには、彼が死んだときのアリバイはありますか？」

「あなたがその質問をしなければならないことは、わかります」彼女が言った。「ええ。アリバイはありますわ」

「正確にはいつ死んだのか、まだお話ししていませんが」

「そんなこと問題になりませんわ」エレン・ミリオーレが言った。「わたしは、この五年間イタリアを離れたことがありませんもの」

「証明できるのですね」

「ええ」

「それなら安心です」ジェッシイが言った。「供述をとる時間はありますか？」

「もちろんです」彼女が言った。「ウォルトンの追悼会のようなものは、ありますでしょうか?」

「わたしの知る限りではないようです」

「何と悲しいこと。舞台を去るのがあまりにも早く、追悼のトランペットがあまりにも少ないですわ」

「彼は気にしていないかもしれませんよ」

エレンが頷いた。

「モリィ・クレインにあなたの供述をとるように頼みましょう」

「署長さんは供述をとりませんの?」

「署長は、テープ・レコーダーでへまをしでかすことが多いのです」

「そうでしょうか」エレンが言った。「あなたが何かでへまをしたことがあるなんて、信じていいのかしら」

「たぶん、人間関係で少し」ジェッシイが言った。

28

「ある人たちは」ディックスが言った。「不妊症だとわかると悲しむが、〝俺たちにはまだお互いに相手がいる〟と言って、くじけずに毎日を生きていく。ある人たちは養子をとる。また、ある人たちは、不妊を自分に故障があるせいではないかと恐れ、検査を拒む。あるいは、それを認めようとすらしない。こういう人たちは、パートナーのせいにすることが多い」

オフィスの壁は、白く、飾りがない。一つの壁際にグリーンのソファが置いてある。ジェッシイはそこに座ったことがなかった。窓を通して、木のてっぺんが風で少し揺れているのが見えた。灰色の雲が同じ風に吹き払われ、青空が少しばかり見えてきた。

ディックスが、ちょっと微笑した。

「われわれがもっともよく見かけるのは」彼が言った。「こういう人たちだ」

「それから、そのパートナーたち」ジェッシイが言った。

「しょっちゅう見かけますな」ディックスが言った。「わたしは、夫婦一緒のカウンセリングはあまり好まないが、場合によっては、それも効果的だ。より徹底的な治療が必要となれば、一人を別の精神科医に紹介する」

「ボストンに誰かいますか？」ジェッシイが言った。「特に、そういう問題を扱うので有名な医者が？」

「ジョーナ・リーヴィ」ディックスが言った。「精神科医だ。おそらく世界中の誰よりも不妊生物学について知っているフランシス・マロイという婦人科医と、フランシスがいなければ世界中で一番不妊について知っていることになるエドワード・マーゴリスという泌尿器科医と一緒に開業している」

「有名なんですか？」

「非常に」

「全国的に？」

「世界的に」

「じゃ、ウォルトン・ウィークスが、助けを求めにここにやってくる可能性はあるわけだ」

「かなりある」ディックスが言った。「当然、世界中の不妊治療専門医が、困難な症例をジョーナにまわしている。特に、有名人のを」

「なぜ？」

「有名人のことですか？」

「そうです」

「ジョーナは、非常に治療費が高く、非常に口が堅い。おそらく、ウォルトン・ウィークスは、高い治療費が払えるし、秘密にしておいてほしかった」

「彼らを知っているのですか？」

「ジョーナなら知っている」

「もし彼がウォルトンと、たぶん、ケアリー・ロングリーもだが、治療していたなら、そのことを話してくれるだろうか？ 秘密情報開示の拒否とか、いろいろありますけど?」

「ほとんどの医者は、患者のためを思って行動する」ディックスが言った。「話をするのは、ウィークスと、もしロングリーも患者ならば、二人のためになるでしょう」

「と言うのは、二人の殺人事件の解決に役立つかもしれないから」ジェッシイが言った。

「そうです」ディックスが言った。

「なかなか理にかなっているようだ」

「例の、すべての精神科医は狂っているという神話は信じないように」

「不妊について未解決の情緒的問題を抱えている男は、女たらしになりやすいのだろうか？」ジェッシイがきいた。

「そういう男は、自分の子供を宿してくれる女を捜し続けるかもしれない」ディックスが言った。「あるいは、二度と自分のふがいなさに直面したくないため、女を避けるかもしれない」

「ウィークスは、女たらしだった」

「あるいは、セックスが好きだった」ディックスが言った。「葉巻はただの葉巻にすぎないこともある」

「最初の妻が正しければ、強迫観念になっていた」

「もしそうなら、不妊の問題だったのかもしれない。あるいは、女を憎んでいたのかもしれないし、愛していたのかもしれない。母親との関係を再現しようとしていたのかもしれない。子供を産むこととは関係ない理由で、男らしさを主張していたのかもしれない。妻に復讐していたのかもしれない。今言ったことや、われわれが想像すらしないことが集まって相互に作用しているのかもしれない」

「ウィークスがなぜ女たらしなのか、われわれにはわからないってことですか？」ジェッシイが言った。

「そうです」ディックスが言った。「多くの精神科医と同じように、わたしも診る時は、定期的にくる患者一人を診るほうがうまくやれるんです」

「それはがっかりだ」ジェッシイが言った。

「わたしがどう感じるのか、考えてくれたまえ」ディックスが言った。

29

「お帰り」スーツケース・シンプソンがオフィスに入ってくると、ジェッシイが言った。

「クラブケーキ（蟹の肉にパン粉、たまねぎなどを加えてハンバーグのように形を整えたもの。通常揚げる）をたくさん食べてきました」

「ボルティモアの人は、クラブケーキをよく食べる。一緒にナショナル・ボーを飲んだか？」

「仕事以外の時に」スーツが言った。

彼は、ボーイスカウトのように三本指で敬礼した。ジェッシイは、スーツが自分自身に満足しきっているらしいと思った。

「他には何かしたのか？」ジェッシイが言った。

「ボニー・フェイソンを見つけました」スーツが言った。

「ほんとうか？」

「はい。簡単ではありませんでした。しかし、直感的に犯罪を探知できる男にとっては……」

「彼女は、昔の住所にまだ住んでいたのか？」

「そうです。あのボルティモアの郡警察官が一緒に行ってくれました」

「フランクス巡査部長」ジェッシイが言った。

「そうです。その人です」スーツが言った。「彼女は同じ住所に住んでいます。四十近くになっていて、子供が二人。夫はいなくて、母親と一緒にくらしています」

「なかなか立派だ」ジェッシイが言った。

「まあ、そうですね。誰もそれに満足しているようには見えませんでしたけど」スーツが言った。「とにかく、あの人たちはあそこに住んでいます。スリー・ベッドルームの粗末な家、玉突き台ほどの庭。ハイエナみたいに見える近親繁殖の犬」

「彼女は、あの事件を思い出したか？」

「ちょっとしてから」スーツが言った。「初めは話したがりませんでしたが、フランクスが説き伏せましたよ。話さないと大変なことになるかもしれないって」

ジェッシイが頷いた。

「一つ言っておきたいんですけど」スーツが言った。「ウィークスとやったときの彼女は、もっときれいだったんじゃないですかね」

ジェッシイが、再び頷いた。

「いやあ、太ってましたねえ。署長が行っても、わからないでしょう」

「たぶん、十九のときはもっとよかったんだろう」

「そうだといいですよ」

「ウィークスとどこで出会ったのだ？」

「モールでブラブラしていて、サイン会の後で彼をナンパしたそうです」

「彼女のほうで引っかけたのか？」ジェッシイが言った。

「そんなふうに聞こえました。母親の話だと、彼女は有名人とセックスしたかっただけらしいです」

「母親のプライドか」

「母親は、太る前は、テレビに出てくる人なら誰とでもセックスしただろうと、言ってました」

「母親の言葉をそのまま言ってるのか」

「ええ」スーツが言った。「母親はとかげのように痩せています。われわれがいた間に、タバコを二箱ぐらい吸ってしまいました」

「ボニーは、その後ウィークスに会っているのか？」

「いいえ。電話番号を教えてくれたんですが、かけてみると、ボルティモアのどこかのレストランだったそうです」

「それで、二度と彼に会わなかった」

「そうです」スーツが言った。「しかし、いつでもホワイト・マーシュ・モールのいい思い出が残ってます」

彼は、ジェッシイのファイル・キャビネットの上にあるコーヒー・メーカーのところに行き、コーヒーを注ぎ、砂糖と代用クリームを入れて一口啜った。

「子供たちは何歳だ?」ジェッシイがきいた。

「幼いです。たぶん、八歳か十歳ぐらい。子供のことはよくわかりません」

スーツがコーヒーを飲んだ。

「他には?」ジェッシイが言った。

「ええと、あるんです、ちょっとしたことが」

ジェッシイは待った。スーツが、もう一口コーヒーを飲んだ。

「署に戻る途中」スーツが言った。「フランクスとしゃべっていたんです。で、逮捕した警察官は、ウィークスを捕まえた男ですが、その後どうしているか、聞いたんですよ。フランクスの話だと、彼はしばらくしてから、刑事になり、それから辞めて、民間の警備員になったそうです。それで、何気なくきいたんです、名前は?」

「ルッツだろう」ジェッシイが言った。

「知ってたんですか?」

ジェッシイがニッコリした。

「いや」ジェッシイが言った。「お前が話したくてうずうずしているところを見れば、他に誰がいるっていうんだ？　ルンペルシュティルツキンか？」

「まったく、署長は何でも台無しにするんだから」

「それで、お前は追跡調査をした」ジェッシイが言った。「結果、われらがルッツだった」

「そうです。コンラッド・ルッツです」スーツが言った。「もし、別人のコンラッド・ルッツだったら、ちょっとした偶然の一致ですよね」

「必要なら、指紋を採ればいい」ジェッシイが言った。「ファイルに乗っているだろう」

「それで、どう判断しますか、ジェッシイ？」

「お前が立派に警察の仕事をこなし、俺はずさんだった」ジェッシイが言った。「電話を入れたとき、きけばよかったんだ」

「ということは、俺の給料が上がるってことですか？」

「いや」

「最終的に俺が事件を解明したということになってもですか？」

「お前を刑事候補者リストの一番上に載せよう」

「ここに刑事を置くようになったらすぐに」スーツが言った。

「ああ、すぐ後に」ジェッシイが言った。

スーツが肩をすくめた。

「ルッツが嘘をついてたということですね」彼が言った。

「少なくとも、言わなかったということだ」

「その点を問いつめたほうがいいんじゃないんですか？」スーツが言った。

「そのうちにな」

「まずは、すべてのアヒルを一列に並ばせたいわけですね」

「同じ場所に集めるだけでよしとしよう」ジェッシイが言った。

30

ジェッシイは、サニー・ランドルと一緒に、町の波止場の手すりに寄りかかり、暗い海面を見下ろしていた。その日は、再びどんよりした雲に覆われ、海面をわたる風は五月にしては冷たかった。ジェッシイは、二人の肩が触れているのを強く意識していた。紐でつながれたロージーは、サニーの足下で後ろ足を広げ、舌を出して、いかにもブルテリアらしい座り方をしている。ロージーも港に興味を持っているらしかった。

「ジェンはどこにいる？」ジェッシイがきいた。

「スパイクが付いているわ」サニーが言った。

「二人は仲良くやっているのか？」

「まあね。ジェンは、スパイクといるとちょっと落ち着かないみたい。でも、スパイクを好きにならないのはむずかしいわ」

「きみたちはうまくやっているの？」

サニーが頷いた。

「イエス」彼女が言った。「でもあり、ノーでもあるわ。わたしたち、まだあなたのことを話し合っていないの」

「そんなことは、考えもしなかったな」ジェッシイが言った。「犯人については、何か進捗がみられたかい？」

「そのことで話がしたかったの」サニーが言った。「彼女の面倒を見るようになってすぐのことだけど、ランチを食べているとき、窓の向こうからわたしたちをじっと見ているらしい男がいたの。ジェンに教えたら、違う、その男じゃないと言ったわ」

ジェッシイが頷いた。ロージーは、一羽のカモメを見つけ、じっと静かに見つめている。カモメは、カモメのやるべきことをしていた。

「でもね」サニーが言った。「わたしは、その後二度も同じ男を見たのよ。この前見たときに、また彼女に訊いたんだけど、違うと言って、その前わたしが訊いたことを覚えていないらしいの」

ジェッシイは、しばらくの間、波が波止場の石の土台に打ち寄せるのを凝視していた。それから、ゆっくり目を上げて港の向こうの岬を見た。まだ朝のことで、曇り空とはいえ東から昇る太陽は強く、目を細めた。

「嘘だ」しばらくして彼が言った。

「そうね」サニーが言った。

ジェッシイは、どんよりした雲を見上げ、筋肉の痙攣を伸ばすかのように首をまわした。

「少なくとも、何者かが、確かに彼女の後をつけている」

「そう」

ロージーは、カモメをレーザーのような視線で捉えていた。カモメは、栈橋の杭に飛び上がり、ロージーをじっと見返した。

「ロージーとカモメが同じような目をしているのに気づいていたかい？」ジェッシイが言った。

「ビーズのような？」

「たぶん」

サニーがにっこりした。

「でも、感情がこもっているわ」

「ロージーの場合は」

「その通りよ」

二人は沈黙した。カモメは飛び去った。ロージーは、ちょっとの間見ていたが、港の方にぼんやりとした目を向けた。灰色の海は静かで、ヨットの垂直のマストは、ほとんど揺れていなかった。

「ウォルトン・ウィークス事件で、身動きがとれないんだ」ジェッシイが言った。

「わかってるわ。大丈夫よ。わたしがジェンの面倒を見るわ」

「彼女がほんとうにレイプされたのか知る必要がある」

「そうね」

「俺は、ウィークス事件から離れることはできない」

「レイプについてはわたしが探り出すわ」

「そのストーカーが、レイプ犯とは別人という可能性はあるだろうか？」ジェッシイが言った。

「それは現実的じゃなさそうね」

「その男がレイプ犯なら、彼女はなぜそうだと言わないのだろう？」

サニーも、港を見ていた。

「わからないわ」

「彼女は、レイプ犯がつけ回していると言わなかったか？」

「あなたにそう言ってたわ」

「それから、レイプ犯は知らない男だったと言った」

「ええ」

「だが、彼女は、つけ回している男を見たときに、そいつがレイプ犯だとわかったんだ」

「そうね」

「他に彼女をつけ回す男がいる気配は？」

「ないわ」

「今後の進め方について、何か考えでもあるかい？」サニーが言った。「同時に、そいつをレイプで捕まえたい」

「一つ、スパイクと話し合っているのだけど」ジェッシイが言った。

「彼女の安全は確保したい」

「わかるわ。スパイクがその男と話をすれば、絶対、そいつはストーカー行為をやめるでしょう。でも、あなたと同じように、そいつが怖がって逃げ出してしまうようなことはしたくない。真相を知りたいのよ」

「二人を一つの部屋に入れるのはどうだろう」ジェッシイが言った。

「スパイクとわたしが話していたことも、それなの」

「それで？」

「そうしても彼女が大丈夫か、今まで以上のトラウマを与えないか、知る必要があるわ」

「本当にトラウマを負ったのならな」ジェッシイが言った。

「何かがあったんだわ」サニーが言った。「わたしはあなたのように彼女をよく知らないかもしれないけど……でも、何かあったのよ」

「そうだな」ジェッシイが言った。「俺もそう思う」

港の開口部で、ロブスター・ボートがスタイルス島の先端を回ってゆっくり入ってこようとしていた。

「彼女に銃を手に入れてくれと頼まれた」ジェッシイが言った。

「わたし、何挺か持っているわ」サニーが言った。

ジェッシイが頷いた。

「あなたは、彼女に許可証を発行できるでしょう」

ジェッシイが、再び頷いた。

「でも」サニーが言った。「彼女が銃を持って歩き回っていいものか悩んでいるのね」

「そう」ジェッシイが言った。「悩んでいる」

「彼女が決めることなのよ、ジェッシイ」

「撃ち方も知らないんだぜ」

「わたしが教えられるわ」

「きみは、彼女が銃を持つべきだと思うのか？」

「ちょっとの間でいいから、彼女の話を信じてみて」サニーが言った。「それがどういうことか考えてほしいの。あなただったら、圧倒的な力を持つ敵に、銃もなく立ち向かいたいと思う？」

ジェッシイが頷いた。ロブスター・ボートはスタイルス島を回り、パラダイス・ネックの海岸線に沿ってのろのろと動いていた。

「もし、彼女の話を信じなければ？」ジェッシイが言った。

「何かあったのよ」サニーが言った。「だから、銃が必要だと感じているんだわ」

「それに、たぶん、信じてもらっていると感じる必要もあるんだ」

「おかしいとは思うけどね」サニーが言った。

「俺たちは、一緒になってもいいかなと思っている。きみと俺のことだが」

「それなのに、わたしたちを一緒にさせないかもしれない人のことで心配しているのね」

「難しいもんだな」

「でも、やらなきゃならないわ」

ジェッシイは、彼女を見た。引き寄せられるような魅力を感じた。しかし、ジェンが発揮する魅力と同じ種類のものではなかった。同じ物などないのだ。ジェンが引き起こすような感情は、他のどこにもないのだ。〝執着は、恐ろしい〟

「わかった」ジェッシイが言った。「彼女に銃をやってくれ」

サニーがにっこりした。

「もうあげたわ」

31

ヒーリイが、パラダイス警察署の外に群がっている記者たちをかき分けていた。

一人の記者がマイクを突き出した。「どこの方ですか？」

「ハーメルンの笛吹男《パイド・パイパー》だ」ヒーリイが言った。「帰りには、あんたら全員が、わたしの後について町から出てくれればいいと思っている」

彼は正面から入り、ドアを閉めた。

受付でモリイが言った。「こんにちは、警部」

「やあ、ダーリン」

「ダーリン巡査ですわ」モリイが言った。「ストーン署長は、オフィスにいます」

ヒーリイは、彼女に向かってニヤッとすると、廊下を歩いていった。ジェッシイのオフィスに入ると、まっすぐファイル・キャビネットのところに行き、コーヒーをいれた。それから、腰を下ろして脚を組んだ。

「仕事に行く途中に、ちょっと寄ってみたんだ」ヒーリイが言った。「名声が、あんたにどんな影響を与えたかと思ってな」

「俺はどうも報道の自由には反対らしい」

「ニクソン大統領ならあんたの意見に同意しただろう」

「わかった」ジェッシイが言った。「報道の自由は認めよう」

「ただ、ここは例外」ヒーリイが言った。

「まさしくその通り」

「何か俺の知らないことを知っているか？」

「たぶん」ジェッシイが言った。「だが、ウォルトン・ウィークスについてではない」

「ケアリー・ロングリーは？」

「もっとわからない」

「彼女は三十歳。ニュージャージー出身。父親はカーティス・ライトの重役」ヒーリイが言った。「母親は専業主婦。兄が二人。二人ともカーティス・ライトで働いている。彼女は、父親のところで働いている男と結婚し、離婚している」

「じゃ、なぜ誰も俺に連絡して来ないのだろう？」ジェッシイが言った。

「家族はみんな、彼女と縁を切ったんだ」ヒーリイが言った。「非常に信心深い人たちでね。家族が選んであげた夫と離婚し、ウォルトン・ウィークスのところで働き、罪深い生活を送るようになったから、みんなで、彼女はもういないことに決めたんだ」

「彼らは、ウォルトンが嫌いなのか？」ジェッシイがきいた。

「確か反キリストの化身という言い方があったはずだが、ウォルトンのことをそう感じているんだ」

「驚いたな」ジェッシイが言った。「ビデオでは、そんな悪者に見えなかったけど」

「それは、あんたが彼らみたいな熱心なクリスチャンじゃないからだろう」

「たぶん、そうだな」ジェッシイが言った。「あんたの情報源は？」

「ジャージーの州警察官だ」ヒーリイが言った。「モリッセイという名だ。話をしたいか？」

「たぶん」ジェッシイが言った。「彼女には子供がいるのか？」

「いや」

「ロングリーは旧姓《メイドゥン・ネーム》、それとも結婚後の名前？」

「結婚後だ」

「メイドゥン・ネームは何というんだ？」

「ヤング。これはバース・ネームと言うべきだと思っているんだろう」

「もちろん」ジェッシイが言った。「別れた夫も、彼女と縁を切ったのか？」

「ああ」

「みんなか――父親、母親、兄たち、前夫」

「罪深いものは罪深いんだ」ヒーリィが言った。

「もしかして、彼らのうちの誰かが、反キリストの化身だからと彼を殺し、彼の子を身ごもっているからと彼女を殺したか」

「それで、石打の刑の代わりに、銃殺したのか？」ヒーリィが言った。

「ちょっとした思いつきさ」

「悪くはない」ヒーリィが言った。「ただ、モリッセイによると、彼女が死んだとき、彼らには全員アリバイがあった」

「それじゃ、みんなアリバイがあることになる」

「前妻たちもか？」

「そうだ。それに、調査員とマネージャーと弁護士も」

「ボディガードはどうなんだ？」ヒーリィが言った。

「ルッツか？　検死官が言う二人の死亡日、ホテルの警備員によると、ルッツはダイニングルームで朝食をとり、午前中はずっと新聞を読みながらロビーでぶらぶらしていた。ランチはダイニングルームで食べた。ロビーに座り、ドアマンとおしゃべりをし、ヘルスクラブを利用し、バーで二、三杯飲み、ルームサービスでディナーと映画を頼み、電話を二回かけた。一度もホテルから出なかった」

「ホテルにいたことを証明したがっているように聞こえるな」

「確かにそう聞こえる」ジェッシイが言った。「だが、実際ホテルにいたんだ」

ヒーリイが頷いた。ジェッシイは、手の中でコーヒーのマグカップをゆっくりまわした。

ヒーリイは、ジェッシイの向かいの椅子に、きちんと静かに座っていた。黄褐色のスーツ、ブルーのシャツ、ブルーのストライプが斜めに入っている黄褐色のタイ、大きなブルーのバンドがついているスナップブリムの麦わら帽。

「二人の人間が殺された」ジェッシイが言った。「一人は有名人だ。それなのに、誰も気にしている様子がない」

「最初の妻を除いて」ヒーリイが言った。

ジェッシイは頷き、窓から署の近くに止めてある中継車を見た。

「それから、マスコミ」彼が言った。

「マスコミは、ケアリーとウォルトンのことなんか気にかけていないと思う」ヒーリイが言った。

「そう」ジェッシイが言った。「もちろん、気にかけてなんかいないさ。二人はただの話の種だ」

ヒーリイが頷いた。

「エレン・ミリオーレ」ジェッシイが言った。「二十年かそれ以上前にウォルトンと離婚しているが、彼女だけだ、気にかけているのは」

「なぜ気にかけるのだ？」ヒーリイが言った。

「何か下心でもあるというのか？」ジェッシイが言った。

「そう考えても罰は当たるまい」

「なるほど」ジェッシイが言った。「そうだな」

「ただ、そうなると、気にかける者は誰もいなくなってしまう」

ジェッシイは、自分のコーヒーカップをしばらく見ていた。それから、ヒーリイを見上げた。

「あんたと俺」ジェッシイが言った。「俺たちは気にかけている」

「俺たちは、気にかけなきゃならないんだ」ヒーリイが言った。

32

ジョーナ・リーヴィは、ジェッシイのためにオフィスのドアを押さえ、ジェッシイが腰を下ろすのを待ってから、ドアを閉め、自分の机に行った。

「ディックスから電話がありました」ドクター・リーヴィが言った。「あなたのことで」

「それはよかった」ジェッシイが言った。

「あなたが非常に頭のいい方だと言ってました」

「彼ならわかるでしょう」

「ご用件は？」

「あなたはウォルトン・ウィークスの治療をなさいましたか？」

「ええ、わたしと同僚とで」

「不妊治療ですか？」

「そうです」

「うまくいったのですか？」

「死ぬ前に父親になったと思いますが」

「そうです。ケアリー・ロングリーとの子供です」

「彼女も診ました」

リーヴィは、小柄な男でグレーのスーツに白いシャツを着ていた。髪は後退している。メガネは金縁で、ネクタイは派手な赤とゴールドだった。

「何が問題だったのですか」ジェッシイがきいた。

リーヴィは、しばらく親指の爪をじっと見ていた。

「ミスター・ウィークスは、射精することが滅多になかったのです」

「不能だったのですか?」

「いいえ。勃起には問題がありませんでした。射精が問題だったのです」

「では」ジェッシイが言った。「彼は、やることはやれるが、何というか、完了することができなかった」

リーヴィが微笑した。

「そのようにも言えますな」

「完了することができたのは?」

「まれです。あまりにもまれなので、子供を作ることができなかったようです」

「それだけですか?」ジェッシイが言った。「生化学的傷害もなく、肉体的な機能障害もなく、ただ完了することができないだけですか？」

「そうです」リーヴィが言った。「肉体的なものなら、治療はもっと簡単なはずです」

「なぜですか？」

「なぜ、完了できないのかという意味ですか？」

「ええ」

リーヴィは、体を反らせ、頭の後ろで手を組み、ジェッシイに微笑みかけた。

「時間はおありですか？」リーヴィが言った。

「専門的な知識は不要です」ジェッシイが言った。「要約がわかれば十分ですから」

リーヴィは、目を閉じ口をすぼめ、頭を後ろに傾けて、しばし考えた。

それから言った。「あなたは、矛盾する二つの感情、アンビバレンスをご存じですね」

ジェッシイが微笑した。

「わたしの旧友です」

「ウィークスは子供が欲しかった」リーヴィが言った。「しかし、どうしても女と一緒には作りたくなかった」

「それだけですか？」

「〝それだけ〟なんてことは決してありません」リーヴィが言った。「常に、いくつかの〝それ〟があるのです。まず、力の問題がありました――つまり、女を性的に興奮させることができれば、彼が力を持つ。もし、女が彼に射精させることができれば、女が力を持つ。完全な性的発散を与えることができなかった女に対しては、怒りがある」

「彼は、完全な性的発散を達成しないことによってその女たちを罰した」

「そして、自分の欲しいものを自分に与えないことによって、自分自身を罰した」

ジェッシイは、そっと口笛を吹いた。

「異常な精神は、素晴らしく対称的ですね」

「そういうケースは多いです」

「彼がなぜこのようになったのか、簡潔に言えるでしょうか？」

「難しいですな」リーヴィが言った。「驚かないでください――これは、母親と、子供時代の女性との出会いに関係しています。母親が、彼らの関係を性的なものにしていたのは、確かです」

「虐待したのですか？」

「従来のやり方で？」リーヴィが言った。「おそらく、それはないでしょう。しかし、二人の関係が不適切だったため、セックスは究極的な愛の表現となったのです。そして、それが母親だったため、ぞっとするほど恐ろしかった。そして、その恐ろしさが、無意識のまま彼の人生にずっと突き刺さっていたのです」

「それで、何があったんですか？」ジェッシイがきいた。

「彼がここに来た理由ですか？」

「ええ。彼は五十歳。三人の妻と百万人の女を持ち、子供はいなかった。なぜ突然あなたのところに来たのでしょう？」

リーヴィは再び親指の爪を見た。答えなかった。ジェッシイは待った。ついに、リーヴィがジェッシイを見上げた。

「わかりません」

「ほう」ジェッシイが言った。

リーヴィが微笑した。

「われわれは、そういうことはあまり言いたくないんですが」

「わたしは、一年中言っていますよ」

「わたしも、以前よりは」リーヴィが言った。「よく言うようになりました。明らかに、あの女性と関係がありますね」

「ケアリー・ロングリー」ジェッシイが言った。

「そうです」

「彼は、彼女との子供が欲しかった」

「ええ」リーヴィが言った。「一緒に家を買おうと話し合っていました」

「どこに？」

「パラダイスに」リーヴィが言った。「隠喩的に言ったのでなければですが」

「現在の妻はどうなるんです？」

「彼女のことは全然頭になかったというのが、わたしの印象です。今度の女性との関係に完全に心を奪われていました」

「愛は何とも偉大ですな」

リーヴィが微笑した。二人の男はしばらく黙っていた。

「愛についてどうお考えですか、ドクター？」ジェッシイが言った。

「わたしは、愛については不可知論者です」リーヴィが言った。「しかし、明らかに、彼らの間には、他の場合には欠けていたと思われる結びつきがあります……ありました」

「なぜ、彼女は特別なのでしょうか？」

「わかりません」

「彼は説明しましたか？」

「ただ、彼女を愛している、他に愛した人はいないとだけ」

「彼女と話をしましたか？」

「ええ」

「彼女にはウォルトンの愛を得るだけの価値がありましたか？」

「このような状況では、価値が重要なことなのかわたしにはわかりません」リーヴィが言った。「彼女は、愛には愛で報いているようでした」

「つまり、彼女は、何というか、他の女たちよりいいというわけではないのですね」リーヴィは、しばらくジェッシイを見ていた。

「そうです。こういうことでは、欠点が魅力だったりします」

「今回はどうでしょう？」

「わかりませんな」リーヴィが言った。

「しかし、もし、あなたが不可知論者でなければ、おそらくこう言ってもいいのではないでしょうか。われわれは、愛すべきであろうとなかろうと、たとえもっとふさわしい相手がいようと、愛する者を愛するのだと」

「われわれは、まだミスター・ウィークスのことを話しているのですか？」

ジェッシイは、一瞬黙った。鼓動が感じられた。自分の呼吸を意識した。それから、リーヴィに微笑んだ。

「いや」ジェッシイが言った。「そうではありません」

33

　正午を少し過ぎていた。ジェッシイとスーツは、デイジーのレストランで、サンドイッチを食べコーヒーを飲んでいた。デイジー自身は、テレビカメラの前で女性からインタビューを受けているところだった。

「まだ、ニュースになっているのか？」ジェッシイがウエートレスに言った。

「今のは続報です」ウエートレスが言った。「自分のところのゴミ容器に死体が見つかったら、商売と生活にどんな影響があるか、おわかりでしょう」

「デイジーは、マスコミが嫌いだと思っていた」スーツが言った。

「嫌いじゃないと思いますよ」ウエートレスが言った。「デザートにルバーブ・パイがありますけど、とっておきましょうか」

「頼む」ジェッシイが言った。

「可哀相な男ですね」スーツが言った。

「ウィークスのことか？」

「ええ。やっと理想の女を見つけ、女もついに妊娠したのに、何者かが現われて二人を殺してしまった」

ジェッシイが頷いた。

「関連があるかもしれない」ジェッシイが言った。

「もしかして、妻と？」スーツが言った。「嫉妬でしょうか？」

「たぶんな」

二人は、しばらくの間、デイジーがカメラの前でレポーターに話しているのを見ながら、黙って食事を続けた。

「一つ気になることがあるんだが」ジェッシイが言った。

「一つだけですか？」

「たくさんあるうちの一つだ」ジェッシイが言った。「彼らは、殺される二週間前にドクター・リーヴィのアポイントを一緒にとっている。それなのに、現われなかった」

「キャンセルしないで？」

「そう。ただ現われなかった。リーヴィのオフィスは、彼らに電話を入れたが、誰も出なかった」

「どこに電話したんですか？」

「ホテルだ」

「ここの? ボストンの?」

「ああ。ランガム・ホテルだ」スーツが言った。「死んでいるからと考えられますね」

「時間を考慮しなければ」スーツが言った。

「そうだ」ジェッシイが言った。

「検死官は、われわれが発見するわずか二、三日前に殺されたと言っているわけですから」スーツが言った。

「死体の状況によるが」

「誰かがわれわれを欺こうとしているかもしれないと言いたいんですか?」

「俺は、何も言いたいわけじゃない、スーツ。流れていく藁《わら》を一つ残らず摑もうとしているだけだ。彼らがどのくらいの間ランガム・ホテルに滞在していたか知りたい。最後に目撃されたのがいつか知りたい」

「ルッツは、彼が最後に見たのは、二人がフランクリン・ストリートを歩いていくところだったと言いませんでしたか?」

「彼は、ドアマンがフランクリン・ストリートを歩いていく二人を見たと言ったんだ」ジェッシイが言った。「しかも、それがいつだったか正確なことは言わなかった」

「彼に訊いてみてもいいですよ」スーツが言った。

「今は、彼の動きを注視することにとどめておこう」ジェッシイが言った。「その間、少し考えてみる」

「パイを食べられる」スーツが言った。「あなたが考えている間に」

「俺もエネルギーが必要だ」ジェッシイが言った。

34

ジェッシイは、マーシー・キャンベルがファイルを調べている間、彼女の机の端に座っていた。

「不動産市場は活況を呈しているの」マーシーが言った。「今年はもう去年よりも多くの家を売ったわ」

彼女は、一枚の紙を取り出し、チラッと見てファイルにもどした。

「過去十二カ月に売ったり買ったりしたものは、すべて記録にとってあるの」

「きみが売ったもの？」ジェッシイがきいた。

「誰でもいいの」マーシーが言った。「記録しておくのが好きなのよ」

「きみの異性関係はどうなってる？」

「忙しいわ。でも、いつでも一緒に過ごす時間はあるわよ」マーシーが言った。「ジェンとはどうなっているの？」

「わからない」

「まだ、彼女のことを真剣に考えているのね」

「そうなんだ。それから、もう一人の女も」

「その女の人にも真剣なのね」

「そうなんだ」

「どっちのほうがより真剣なの？」

「わからない」

彼女は、フォルダーを片づけて別のフォルダーを取り出した。

「お酒は？」

「まあまあだ。飲みたいだけ飲むことはない」

「わたしたちみんなそうよ」マーシーが言った。「オフィスに鍵をかけて、シェードを下ろす？」

ジェッシイが彼女に微笑んだ。

「またにしないか？」彼が言った。

「いいわよ」マーシーが言った。「友だちは何のためにあるの？」

「わかってると思うよ」ジェッシイが言った。

「ケアリー・ロングリーは？」

マーシーがニヤッとした。

「真剣に考えることはないってことよ」彼女はそう言って、首を振った。「ウォルトン・ウィークスはないわねえ」

マーシーが探している間、ジェッシイは小さなオフィスの正面の窓に行って、港に通じる狭い通りを眺めた。家々は密集していた。庭もない。玄関口と通りを分けているのは狭い歩道だけだ。その通りも狭く、車を止めることもできない。ジェッシイが眺めている間、車は一台も通らなかった。二百年前と少しも変わっていないだろう。

「ケアリー・ロングリーもないわ」マーシーが言った。「でも、ケアリー・ヤングならある」

「ビンゴ！」ジェッシイが、振り返らずに言った。「旧姓だ」

「この人たち、誰にも知られたくなかったのね」

「秘密にしようとしていたんだ」

「それなのに、おおっぴらに死んでしまったわ」

「家はどこ？」

「スタイルス島」マーシーが言った。「外洋側。プライベート・ビーチ、六部屋、四百二十万ドル」

「六部屋で？」

「そう書いてあるわ」

「きみが売ったの？」

「いいえ。キーズ不動産のエド・リーマーよ」

「その家の住所はわかるかい？」

「書類に書いてあるわ」

彼女は立ち上がって窓のところに行き、ジェッシイの隣に立って書類を渡した。それから、頭を彼の肩に寄せかけた。

「人生って厳しいわ」彼女が言った。「そうでしょう」

「ああ、そうだ」

「抱きしめてほしい？」マーシーが言った。

「ああ、そうしてほしい」彼が言った。

35

それは、平屋建ての石造りの家で、屋根はヒマラヤスギの板で葺《ふ》いてあった。リビングは正面部分がすべてガラス張りで、大西洋に面している。右の端の壁には大きな暖炉があって、炉の位置が高くなっていた。キッチンは、グリーンの花崗岩とステンレス・スティールでできている。ベッドルームは二つあり、両方ともフルバスルームが付いていた。それから、小さな暖炉を備えた部屋があった。おそらく書斎にでもなるのだろう。家は空っぽだった。石を敷き詰めた床は、新たなつや出しが施され、壁も塗り直されていた。しかし、家具はなく、絨毯も、カーテンも、陶器も、クリスタルも、歯磨きも、タオルもなかった。人間の生活を示唆するものは何もなかった。〝裸の人を見ているようだ〟とジェッシイは思った。

彼は、物音一つしないリビングに立って、パティオの先の、小さな銀色の浜辺の向こうの灰色の大西洋を見つめた。ノース・ショア側は、夏でさえ水が冷たい。泳ぐには勇気がいる。ジェッシイは、部屋の端から端まで歩いてみた。大西洋の見えないところはなかった。

〝彼らはここをダイニングにしただろう〟ジェッシイは思った。〝キッチンの近くに。冬は、暖炉に赤々と火が燃え、ホームバーで作ったドリンクを飲み、嵐の時は、雨が二重断熱ガラスに当たって飛び散るさまを見ただろう。ここが、ウォルトンのオフィスだ。大洋が眺められる素敵な張り出し窓がある。こっちが主寝室だ。素敵な天窓がついている。これは子供の部屋になったはずだ〟ジェッシイは、突然、十週の胎児が誕生を阻まれたという現実を感じて、部屋の中に立ちすくんだ。〝備え付けのバーベキューの上には大きなレンジ・フード。後ろの壁の先には食料貯蔵室。ウォークインの冷蔵室がついている。夢の家だ。何もかも便利にできている。夢はすぐそこまで来ていたに違いない。手を伸ばして摑むんだ。全部を。妻と子供を。ついに愛を。あっ、そうだ、ウォークインの冷蔵室！〟

ジェッシイは、中に入った。たぶん、縦横八フィートぐらい。三方の壁に棚がある。何も貯蔵されていなかった。棚は空っぽだ。コンプレッサーは電源を切ってあった。窓のない庫内は暖かかった。壁には温度計が掛かっていて、華氏三十五度に設定してあった。ジェッシイはスイッチを入れた。どこかで、コンプレッサーが静かに稼働し始める音が聞こえた。まもなく冷たい空気が出てきた。彼は、空っぽの庫内を歩いて回ったが、何もなかった。サーモスタットのところに戻って電源を切り、冷蔵室を出た。

彼は、何にということもなく耳を傾け、空虚さを感じながら、しばらくリビングに立っていた。それから、外に出て海岸まで降りていき、海を眺めた。島の外洋側の海は、片時も静まることがなく、白波が上がっていた。潮が満ちて、海岸のほとんどを波が洗っている。海岸線がカーブしていて、他に家は見えなかった。彼の立っているところから、道路も見えなかった。

彼は、携帯電話をポケットからとりだし、ダイヤルした。

「モリイ」彼が言った。「今、スタイルス・アイランド・ロードの五番にいる。ピーター・パーキンスをここによこしてくれ。道具を忘れずに。血痕を探すことになるからと言うんだ」

「誰の血痕ですか？」

「まだわからない」

「ウォルトン・ウィークスと関係がありますか？」

「まだわからない」

「でも、そうかもしれない？」

「あるいは、そうでないかもしれない」ジェッシイが言った。「ピーター・パーキンスを探してもらえるか？」

「わかりました」モリイが言った。

36

サニーは、ジェンと一緒に、サウス・エンドの大聖堂の向かいにある〈ユニオン・ストリート・バー・アンド・グリル〉で夕飯を食べていた。数人がジェンに気付き、連れにジェンを指し示していた。店から出たとき、サニーは、あのストーカーが通りの向こう側の屋根付きバス停の近くでうろついているのを見た。が、特に注意を払わなかった。音楽に合わせているかのように左腿を軽く叩きながら、駐車係にチケットを渡した。車に乗りこむとき、サイド・ミラーをチラッと覗くと、二ブロック後ろのワシントン・ストリートでスパイクが車から降りるのが見えた。彼女は、にっこりし、駐車係がジェンのためにドアを閉めると、車のギアを入れ、後ろも見ずに走り去った。

「ちょっと家に寄りたいの」サニーが言った。「あなたを下ろす前に」

ジェンが頷いた。座席に頭をもたせかけ、目を閉じている。

「あなたの前のご主人って、どんな方？」ジェンが言った。

サニーは、考えてみた。

「リッチーの父親と叔父は、暴力団を仕切っているわ」

「ギャングなの？」

「ええ」

「彼はどうなの？」

「よくわからない」

「彼と結婚していたんでしょう？」ジェンが言った。「それに、まだ彼を愛しているかもしれないんでしょう？　それなのに、よくわからないの？」

「リッチーもよくわかっていないんじゃないかしら」

「彼は犯罪者？」

「いいえ」サニーが言った。「犯罪者じゃないと信じているわ。でも、父親と叔父に対してとても忠実なの」

「たとえ、それが、何ていうか、法律違反だとしても？」

「そうなの」

「あなた、それをどう感じているの？」

「怖いわ」サニーが言った。

彼女は、平面路を右折し、サマー・ストリート・ブリッジに上った。橋の下のフォート・ポイント海峡は、深く黒々としていた。

「でも」サニーが言った。「わかるような気がするの。わたしも父親ととても仲がいいから」

「羨ましいわ」

「あなたには家族がいないの、それとも、仲が良くないのかしら?」

「仲が良くないの」ジェンが言った。「リッチーってどんな人? 一緒に暮らしてという意味だけど」

「ほとんど感情を見せないわ」サニーが言った。「とても自制心があって、静かな人。でも、そこには何かがうごめいているの。いつか爆発するかもしれないと思うようなものが」

「あなたに向かって?」

「いいえ」サニーが言った。「わたしにではないわ」

「ちょっとジェッシイみたいね」ジェンが言った。

「そうね」サニーが言った。「ジェッシイに似ているかもしれないわ」

「ジェッシイは、とてもよく抑制しているの。でも、何か非常に危険なものを持っているわ」

「あなたに対して危険なの?」サニーがきいた。

ジェンは目を開け、サニーを見てにっこりした。

「いいえ」彼女が言った。「わたしにではないわ」

彼らは、サニーのアパートの前の通りに車を止めた。

「わくわくするでしょうね？」サニーが言った。

「わくわく？」ジェンが言った。

「ええ。そういう力を持てば」

ジェンが彼女をじっと見た。車の中は、街灯によってかすかに明るかった。サニーは、ジェンの顔がよく見えなかった。

「そんなふうに考えたこともなかったわ」しばらくして、ジェンが言った。「でも、そうね。危険な人だけど、自分には絶対危害を加えないっていう人と一緒にいるのは……」

「それなら、わたしたちはなぜ離婚したのかしら？」サニーが言った。

「わからない。神様、どうぞわからせてくださいって思うわ。彼は、わたしの人生にどうしても必要な人。彼だけが、わたしの家族なの。わたしを愛してくれていることもわかっている。彼にならわたしの人生を託すわ」

「でも？」サニーが言った。

「でも、彼と一緒にいられない。彼に忠実でいられない。努力すると、閉所恐怖症のようになってしまう」

「それで、その理由がわからないのね？」

「そうなの。あなたは？」

「わたしもよ」サニーが言った。「わたしたち、今、理解しようとがんばっているわ」

「わたしたちって？」

「精神科医と、わたし」サニーが言った。

「あらまあ」ジェンが言った。「わたしは、精神科医にサラリーの半分を使っているわ」

「最初にうまくいかないとね」サニーが言った。

二人は車を降りて、サニーのアパートに入っていった。

37

ヒーリイが、ジェッシイのオフィスで腰をかけていた。帽子を被ったまま片足をジェッシイの机の端に押しつけている。

「認めるよ」ヒーリイが言った。「あんたは正しかった。あれはウィークスの血とあの女の血だ」

「ケアリー・ロングリー」

「そうだ」

「だから、彼らはあそこで殺された」ジェッシイが言った。「あるいは、他のどこかで殺され、あそこに入れられ、冷蔵された」

「そうなると、ほんとはいつ殺されたのかわからない」ヒーリイが言った。

「ということは、誰のアリバイも、基本的に意味をなさないことになる」

「そもそも彼らが冷蔵されたのは、そのためだったのだろう」

「何者かが、万事飲みこんだうえでやったことだ」ジェッシイが言った。「冷蔵するだけで、冷凍しなかった。冷凍されていたら、検死官にばれていただろうから」

「ルッツが、ロビーに居座ってアリバイ工作をしていたらしいことを覚えているか」

ジェッシイが頷いた。

「われわれが死亡時刻をいつにするか、やつはどうやってわかったんだろう？」ジェッシイが言った。

「わからないさ」

「それじゃ、ただホテルをぶらついているのが好きなだけなのかもしれない」

「たぶん」ヒーリイが言った。

「そうなると、彼らがいつ死んだかわからないという新たな認識のもとで、もう一度全員の尋問をしなければならなそうだぞ」

「そうらしいな」ヒーリイが言った。

「あの二人を掘り出すことになるかもしれない」ジェッシイが言った。

「そうかもしれない。ウィークス財団がやらせてくれれば」

「あるいは、裁判所の令状をとれば」

「ニューヨークの」

「そうでなければ、彼女だけを掘り出してもいい」

「ケアリー」ヒーリイが言った。「いい考えだ。もう検死官に話をしてある。だが、彼らがいつ死んだのか、どのくらいの期間冷蔵されていたのかわからなければ……」

ヒーリイが首を振った。

「わざわざやる価値はないか」ジェッシイが言った。

「ない」

ヒーリイは、椅子のうしろ足を支えにして椅子を傾け、ジェッシイの机に片足を乗せてバランスをとりながら、かすかに揺らしていた。

「さてと」ジェッシイが言った。「誰がやったにせよ、そいつは、スタイルス島の夢の家について知っていた」

「二人のあとをつけて、そこで殺したのか？」ヒーリイが言った。「そして、ウォークインの冷蔵室を見つけて、とっさに冷蔵したのか？」

「それとも、事前に知っていて、冷蔵するためにそこで殺したのか？」

「他には家の中のどこにも血痕はない」ヒーリイが言った。

「見つからなかった」ジェッシイが言った。「一生懸命探したんだが」

「だから、冷蔵室で撃たれたか」ヒーリイが言った。「さもなければ、どこか別のところで撃たれ、そこに捨てられたかだ」

「その説だと、血が少量だったことが説明できる」ジェッシイが言った。

「そこで殺され、殺人犯がきれいに拭ったとも考えられる」

「だが、われわれがブルーライトで見つけた微量の血を拭い損なった」

「撃たれたときは、大量に出血したはずだ」ヒーリイが言った。

「そして、しばらくの間出血し続ける」ジェッシイが言った。「犯人は何回か血を拭わなければならなかった」

「この説に立つとすると、犯人は二人の人間を殺した直後」ヒーリイが言った。「銃声を誰かに聞かれたかどうか確かめもしないまま、血を拭いていたということになる」

二人はしばらく黙りこんだ。

「俺は、彼らがどこか別のところで撃たれ、死んでからあそこに運ばれたという説のほうがいいと思う」ジェッシイが言った。

「そして、血痕は、死後わずかにしみ出したものか」

「そうだ」

再び、二人の男は沈黙した。

それから、ヒーリイが言った。「やっぱり、俺もそう考える。ということは、やったのが何者であれ、あの家のことを知っていたことになる」

「その家は、彼女の旧姓を使って購入している。秘密にしておくためだ」

「そうすると、ルッツが、かなりいい候補になりそうだ」ヒーリイが言った。

「そうだな」ジェッシイが言った。「だが、大金が手から手へ渡っていった」

「だから、たぶん、弁護士も知っていた」

「あるいは、マネージャー」ジェッシイが言った。

「あるいは、妻の一人」

「素晴らしい」ジェッシイが言った。「俺たちがこの前尋問した容疑者は、全員またしても容疑者になった」

「俺たち？」ヒーリイが言った。「どういう意味だよ、俺たちとは？　俺は、仕事の帰りにちょっと寄ってみただけだぜ」

ジェッシイが頷いた。

「サポート感謝するよ」

38

サニーのキッチンの窓際には小さな張り出し部分がある。そこに置かれたテーブルで、白ワインを飲んでいると、スパイクがストーカーを連れてロフトに入ってきた。テーブルの下から、ロージーが喉を鳴らしながら凶暴な声で吠えた。ジェンは、突然息を吸いこみ、固まってしまった。ストーカーは、中背で身なりの良い三十代中頃の男で、顎髭をきちんと整えていた。顔は、硬直し、非常に青白かった。

「運転免許証によると、ティモシー・パトリック・ロイド」スパイクが言った。「プルーデンシャル・センターに居住。名刺には、スポット・オン・マーケットの最高経営責任者《CEO》と書いてある。財布には二十ドル札が六枚」

「スパイクはもう知っているわね」サニーが言った。「わたしはサニー・ランドル。こちらの若いご婦人はご存じよね」

ロイドの目が忙しく動いた。サニーを見、ジェンに移り、すぐそっぽを向き、ロフトをざっと見回した。ロージーがテーブルの下から出てきて、彼のズボンの脚を嗅いだ。彼は、ロージーを見下ろし、目をそらした。ジェンは、相変わらず彼をじっと見ていた。

「武器は持っていない」スパイクはそう言うと、ドアを閉めて寄りかかった。

サニーが言った。「じゃ、あなたの言い分を聞かせてもらうわ、ミスター・ロイド」

「ここに来たのは、わたしの意志じゃない」ロイドが言った。

彼の声は、小さく緊張していた。サニーは、キッチンのカウンターに乗っている電話機を顎で示した。

「警察に電話してもいいのよ」サニーが言った。「九一一で通じるわ」

ロイドの目が電話機に移り、それから戻った。

「ここから出ていくことができればいいんです」彼が言った。

「あなたはミズ・ストーンをご存じよね」サニーが言った。

彼は、ジェンを見なかった。

「チャンネル・スリーに出ています」彼が言った。

「ジェン、あなたもミスター・ロイドを知っているわね」

「いいえ」ジェンが言った。

「でも、彼のことがわかったじゃないの」

「知らないわ」

「この人は、ずっとあなたをつけ回していたのよ」サニーが言った。「わたしがあなたに会った時から」

「彼じゃないと思うわ」ジェンが言った。

「いいえ、彼よ」

サニーがスパイクを見た。

「彼だよ」スパイクが言った。

「わたしは、人をつけ回したことなど一度もない」ロイドが言った。

「この人、知らないわ」ジェンが言った。

「この人があなたをレイプしたんじゃないの？」サニーが言った。

「レイプ？」ロイドが言った。「レイプ。何て言うことだ。わたしは、誰もレイプしたことなどない」

「そうよ」ジェンが言った。「この人じゃないわ」

「この人がレイプしたんじゃないのね」

「そうよ」

「これは、いったいどういうことなんだ？」ロイドが言った。

「俺なら、こいつが話をするように説得できるかもしれないぜ」スパイクが言った。

「何をするつもりだ？」ロイドが言った。

「われわれには、われわれのやり方があるのさ」

サニーは、身体の両側に握られたロイドのこぶしが見えた。強がっても一瞬のことだわ。スパイクの動きを見たことがある。ロイドに勝ち目などない。サニーは首をふった。

「この人はあなたをレイプしなかったのね」サニーがジェンに言った。

「ええ」ジェンが言った。

彼女は、スパイクがロイドを連れてきてから、誰の顔も見ていなかった。

「レイプした人はいるのね？」サニーが言った。

「もちろん、誰かがレイプしたわ」ジェンが言った。

「それから、誰かがあなたをつけ回しているのね」サニーが言った。

「そうよ。わたしを信じてくれないの？」

サニーがスパイクを見上げた。彼は肩をすくめて、ドアから離れた。

「お帰りになってもいいわ、ミスター・ロイド」サニーが言った。

ロイドは、しゃべろうとしたが、スパイクを見て何も言わなかった。スパイクがドアを開け、ロイドが出ていった。サニーは、キッチンのカウンターのそばに座り、物欲しげに見上げているロージーを見下ろした。スパイクは、ロイドが出ていくとドアを閉め、カウンターに行って、クッキーの瓶を開け、ロージーにドッグ・ビスケットをあげた。

「それで、あなたは」ジェンが言った。「わたしを信じてくれないの？」

ロージーがドッグ・ビスケットを嚙んでいる。サニーは、かがんでロージーを撫でた。

それから、ジェンを見上げた。
「その質問は、今のところ、わたしには難しすぎるわ」サニーが言った。

39

ジェッシイは、ランガム・ホテルのコーヒー・ショップでコンラッド・ルッツと話をしていた。

「まだ、ここにいるんだな」

「ああ」ルッツが言った。「事件がひとまず解決するまで、ここにいてくれと家族に言われたんだ」

「勘定は家族が払ってくれるのかね？」ジェッシイが言った。

「そうだ」

「ランガム・ホテルの勘定を」

「今までここに泊まっていたからな」ルッツが言った。「そんなこと知っているだろう？」

「いい仕事だ」ジェッシイが言った。

「そうだ」

ルッツがコーヒーに砂糖を入れてかき回した。

「きみは、前の時もウィークスと関係があったことを話さなかったね」ジェッシイが言った。

「どのくらい前のことだ？」

「きみは、公共の場で猥褻行為をしたとして彼を逮捕している。メリーランドのホワイト・マーシュ、一九八七年のことだ」

ルッツがゆっくり頷いた。

「なかなかやるじゃないか」彼が言った。

「なぜ、その話をしなかったんだ？」

「俺は、なんといったって彼のボディガードだぜ。あの気の毒な男の昔話をべらべらしゃべるなんてことはすべきじゃないだろう」

ジェッシイが頷いた。

「その一件を話せよ」彼が言った。

「俺は、ボルティモアの郡警察にいて、ホワイト・マーシュ・モールを巡回していた。その時、二、三人の女が俺のところに来て、駐車場の車の中で変なことをやっている者がいると苦情を言ったんだ。見に行くと、ウィークスとどこかの娘が車の中でいかがわしい行為をやっていた。俺は、彼らを追っ払うだけで、ことを収めたかったんだ。だが、その二人の女が、モールの駐車場を汚したかどで逮捕すべきだと騒ぎやがった。それで、彼らを連行した」

「彼は事態にどう対応したんだ？」

「きまり悪そうだった」ルッツが言った。「でも、事態の収拾の仕方は知っているようだった。女が成年だと言い張ったし、警察官という職業のことだとか、俺がこの手の事件ならあれこれ見ていて、どうかたづけているかなど、いろいろ尋ねだしたんだから」

ジェッシイが頷いた。ウエートレスが来て、新しいコーヒーを注いでくれた。

「雑談になることもあった」ルッツが言った。「あんたと友だちだなんて言うんだ。怖がってもいなければ、恨んでもいない。事実、彼は、俺に興味を持ったようだった。二、三週間後に、電話してきて、話がしたいと言った」

「何の話をしたかったんだ？」

「警察の仕事だ」ルッツが言った。「ウィークスは、テレビで警察の仕事について一時間の特集をやることになっていたから、そのリサーチをしたかったんだ。俺は、引き受けたね。その頃には、猥褻行為の告訴もうやむやになっていたからな。で、彼と話をし、彼は俺と一緒にパトカーに乗ってあちこち回った。俺は彼が好きになった。とてもいい男なんだな。何にでも興味を持っていたし、自己中心的なところもない、すべて物事を理解しているようだった。人の邪魔をすることもなかったね。そして、彼の特集が放送されたとき、俺はそれも気に入った。彼は公平だった。警察官を良くみせかけることも、悪人にしたてることもしなかった。真相をつかんでいた」

「公共の場での猥褻行為で逮捕されたことは、口にしなかったのか？」

ルッツはニヤッとして、首を振った。

「彼は正直だ」ルッツが言った。「しかし、狂ってはいない」

「彼のボディガードをやることになったわけは？」

「殺しの脅迫状が来たんだ。誰だったのか結局わからなかったが。ウィークスは、真実を公表するのは、本質的に危険なことだと言っていた」

「それで、きみを呼んだ？」

「そうなんだ。その頃にはかなり親しくなっていたからな。ときどき話をするようになっていたし、たまには夕食を一緒にすることもあった。彼は、ボルティモアの郡警察より、はるかにたくさんの給料を出すと言ってくれたんだ。だから、彼の話を受けた」

「殺しの脅迫状について、その後何かわかったか？」

「今のところ、だめだ」ルッツが言った。

「今回の殺人は、その脅迫に関係していると思うかね？」

「俺には、今回の殺人が何に関係しているかなんてわからないね」

ジェッシイが頷いた。

「ここのドアマンと話をしたんだがな」ジェッシイが言った。

「それで？」

「ウォルトンとケアリーがフランクリン・ストリートを歩いていくのを見た覚えがあるやつは、ひとりもいない」

「どうしてそんなことを覚えているやつがいるなんて思うんだ？」

「誰も、きみがそのことについて訊いたかどうかも覚えていない」

「当たり前だろう、ジェッシイ。彼らは、一日に百人もの人と話をするんだ」

「どのドアマンと話をしたか覚えているか？」

ルッツが首を振った。

「よく覚えていないね。白人で」彼が言った。「アイルランド人みたいだった。制服を着るとみんな同じに見えてしまうからな」

「この市には、あまりアイルランド人のドアマンはいない」ジェッシイが言った。「だが、みんな集めてみれば、どの男だったかわかるか？」

「たぶん、だめだ。かなり前のことだから。覚えていないさ」

「しかし、あの日、誰かが彼らを見たというんだろう」

「そのドアマンが、そう言ったんだ」

「それなのに、きみは、話した相手が誰だったか思い出せないというわけだ」

ルッツが首を振った。

「覚えていないのは、おかしい。それはわかっている。昔は警察官だったんだからな。しかし……」彼が両手を広げた。「そんなこともあるんだ。わかるだろう」

「実を言うと、わからないな」ジェッシイが言った。

ルッツが肩をすくめた。ジェッシイは待ったが、ルッツは他に何も言わなかった。

しばらくして、ジェッシイが沈黙を破った。

「ウィークスが、この辺りで興味を持ったと考えられる不動産について、知らないか？」

「不動産？」ルッツが言った。「ウォルトンが？　いいや。何も知らない」

ジェッシイが頷いた。

「なぜ訊くんだ？」ルッツが言った。

ジェッシイは首を振った。

「事件の手がかりでも見つかったのか？」ルッツが言った。

「いや、今のところがむしゃらにやってるだけだ」

40

ニューヨークのウエスト・サイドにあるジェッシイのホテルは、部屋の窓が外の通気孔に向いていた。ジェッシイは、ドリンクを作り、しばらく通気孔を眺めていた。それから電話機のところに行き、サニー・ランドルにかけた。

「ホテルはどんな？」彼女が言った。

「ベッド、水道」

「あなたはいつも最低限主義者なのね」

「最低限の予算でやっているんだ」

「事件は？」

「情報はたっぷり、だが、何一つ役立たない」ジェッシイが言った。「きみのほうは？」

「変なのよ」

「そりゃいい」

彼は、ドリンクを啜った。

「残念だわ」

「そんなことだろうと思った」ジェッシイが言った。「変て、どんなふうにだ？」

「わたしの友だちのスパイクは知っているわね？」

「ああ」

「わたしたち、ジェンとストーカーを会わせてもいい頃だと思ったの」サニーが言った。

「安全な環境でね」

「それで？」

「スパイクが、そいつを、ええと、とっつかまえて、わたしのところに連れてきたの」

「それで？」

「二人とも、相手を知らないと言い張るのよ」サニーが言った。「彼は、彼女を知らないし、つけ回したりもしなかった。罪なき傍観者だそうよ」

「ジェンは？」

「彼女も同じことを言ったわ。彼は、ストーカーじゃない。レイプもしなかった。これまで彼に会ったこともないんですって」

ジェッシイは、もう一口飲んだ。氷のカチッという音がサニーに聞こえないように、慎重にやった。

「それが真実だという可能性はあるだろうか？」

「レイプについてはわからないわ」サニーが言った。「でも、この男は、間違いなくずっと彼女の後をつけていた。わたしは彼を見かけたし、スパイクも見たわ。彼は、突然大男につかまり、自分の意志に反して知らない場所に連れてこられたわけでしょう。だから、警察に電話するチャンスを与えてやったの。それなのに電話もしなかった。それに、ジェンのテレビ局と取引のあるマーケッティング会社を経営していて、多くの番組のスポンサーになっているわ」

「テレビに出る人たちは、スポンサーを知らなくてもいいんじゃないか」

「そうね」

「しかし、彼女はなぜストーカー行為を否定するんだろう？」

「わたしが、あなたにききたかったことよ」

ジェッシイはグラスを見た。まだたっぷり残っている。外の暗い通気孔を見た。電話の向こうでは、サニーが黙っている。

「俺は、酒で最悪の状態だったとき」ジェッシイが言った。「こっそりと飲んでいた。ジェンの前では飲まなかったから、彼女は俺が酒を止めようとしていると思っていた。けど、俺は、一パイントのスコッチを車に入れておいて、一人の時にチビチビやっていたんだ。ある日、俺たちはどこかに行こうとしていて、ジェンがグローブボックスを開けた。中には、半分空《から》になった酒の瓶があって……」

ジェッシイは、スコッチを少し啜った。

「彼女が言ったんだ。〝どうしてスコッチのボトルがグローブボックスにあるの？〟……俺はそれを見て言った。〝どのボトルのことだ？〟」

「恥ずかしいところを見つかって、どうしたらいいかわからなかったのね」サニーが言った。

「こういうことはあるんだ」ジェッシイが言った。「見つかって、面目を失う。そうすると、あまりの辛さに、何でも言ってしまうし、突きつけられた事実を否定するんだ」

「彼女のでっちあげだと思う？」

「わからない」

「でっちあげなら、なぜそんなことをするのかしら？」

「わからない」

ジェッシイの部屋は暗かった。通気孔から漏れていた小さな明かりが、日が暮れると共に消えていた。彼は、安っぽい布のカバーに覆われた椅子に頭をもたせた。

「わたしが探り出すわ」サニーが言った。

ジェッシイは、黙っていた。

「殺人事件に集中してね」サニーが言った。「こっちは、わたしがやるから」

ジェッシイは、グラスを空《から》にした。ボトルを見た。たっぷり残っている。

「署の机の引き出しに、彼女のアパートの鍵が入っている。札がついている」

「モリイに、わたしのことを言っておいてね」

「わかった」

「鍵を預かってくるわ」

二人とも口をつぐんだ。

「ロサンゼルスでは楽しかったな」しばらくしてジェッシイが言った。

「ええ。でも事情は変わるわ」

「時には」

二人は、また口をつぐんだ。

「そろそろ電話を切らなければならないわね」

「そうだな」

「明日、電話するわ」

「わかった」ジェッシイが言った。

彼らは電話を切った。ジェッシイは、空《から》のグラスを持ったまま、しばらく身動きもせずに座っていた。

「俺たちには、いつでもビバリーヒルズのいい思い出がある」彼は、静かな部屋の中で、大きな声で言った。

しばらくしてから、ジェッシイはベッド脇の電気をつけた。それから、立ち上がり、もう一杯ドリンクを作った。それを持って窓際に行き、通気孔を見た。それから、振り返るとドレッサーのところに行き、鏡の中の自分を見た。鏡に映った顔は、ただ一つの明かりのために陰になっていた。

「窓が通気孔に向いている二流のホテル」鏡を凝視しながら言った。「それにスコッチの瓶」

彼は、鏡の自分にグラスを掲げた。

「完璧だ」彼はそう言って、スコッチを飲んだ。

41

ジェッシイは、ホテルのコーヒー・ショップで、ステファニー・ウィークスとランチを食べていた。家族連れで賑やかだった。その中に混じって、数人のビジネスマンが、一人で食べ物に覆い被さるようにして食事をしていた。ステファニーは、グレイグースのマティーニを頼み、ジェッシイはコーヒーを飲んだ。

「飲まないんですか？」彼女がきいた。

「ランチには」ジェッシイが言った。

「ほんとにここに泊まっていらっしゃるの？」

「そうですよ」

「わたしの知っている人で、ここに泊まった人はいないと思うわ」

「貧乏人も、旅をしなければならないことがあるんです」

「あら、そうですわね。ごめんなさい。きっとお高くとまっているように聞こえたでしょうね」

「ちょっとだけ」ジェッシイが言った。「今回の殺人事件で新しい情報が少しばかり入ったので、もう一度全員と話をしています」

「新しい情報って何ですの？」

「われわれは、死亡時刻について誤っていたんです。ミスター・ウィークスを最後に見たのはいつですか？」

「あらまあ、覚えていませんわ。一年前かしら？　だって、離婚してからずいぶんたちますのよ。わたしたちは敵同士ではありませんけど、友だちでもありませんの……」ステファニーが微かに微笑んだ。

ウエートレスが、サラダを持ってきた。ステファニーはマティーニのお代わりを注文した。

「サラダと合いますね」ジェッシイが言った。

「何とでも合いますわ」

「なぜにっこりなさったのですか？」ジェッシイが言った。「あなた方が友だちではないとおっしゃったとき」

「たまにはそうでないときもありますけど」ステファニーが言った。「わたしたち、友だちですわ」

「どういうふうに友だちなんですか？」

ステファニーが再び微笑した。

「昔のよしみかしら？」

「どんなことをするのですか？」ジェッシイがきいた。「昔のよしみで？」

「さあ」ステファニーが言った。「あなた、詮索しすぎじゃありませんこと？」

「わたしは警察官です」ジェッシイが言った。「詮索するのが仕事なんです」

ステファニーがちょっと赤くなった。ウエートレスが、マティーニを持って戻ってきた。

彼女は、マティーニを啜り、オリーブを出して口に入れた。

「ときどき、オリーブのほうが重要だと思いますのよ」ステファニーが言った。

「それで、あなたは何をしたのですか、昔のよしみで？」

「ウォルトンは、いろんな意味でセックスの強者《つわもの》でしたわ」ステファニーが言った。「あの人は決して疲れないし、射精もしません。永遠にセックスをしていられるみたいでした」

「必ずしも悪いことではないでしょう」ジェッシイが言った。

「一年に二度ぐらいならいいわ」ステファニーが言った。「毎日はいやよ」

「射精できないことを、彼は気に病んでいましたか？」

「そういうことは一度も口にしませんでした」

「あなたと結婚しているときも？」

「初めの頃は、子供のことが話題に上がっていました。でも……」彼女が両手を広げ、首を振った。

「現在の奥さんは、このことを知っていますか？」

「わたしとウォルトンのことですか？」ステファニーが言った。「わかりません。とにかく、彼女の問題の中では一番小さかったはずですわ」

「彼は女たらしでした」ジェッシイが言った。

「執拗なほどね」ステファニーが言った。「でも、彼女だってそうだわ」

「ローリーですか？」

「そうです」

「復讐？」ジェッシイが言った。

「かもしれないわね。でも、たとえウォルトンがいい子ぶっていたとしても、彼女は男あさりをしていたと思いますわ」

「彼女は誰でもよかったのですか、それとも好きな人がいたんでしょうか？」

「わかりません。それほど熱心に見ていたわけじゃありませんもの。トム・ノーランは、彼女がアラン・ヘンドリックスにお熱だと言ってましたわ」

「調査員ですな」

「そう呼ぶこともできますわね」ステファニーが言った。

「他には何と呼べるんですか？」

「黒幕、陰の実力者」

「それについてもう少し話してください」

「アランは、どんどん、調査ばかりでなく執筆もするようになり、どんどん、何を主題にするか決めるようになり、どんどん、インタビューをし、執筆するようになったのです。そして、ウォルトンは、ただそれを言うだけになったのです」

「どうしてわかるのです？」

「トム・ノーランからよ」

「あなたは、彼と親しいのですね」

ステファニーが再び微笑んだ。

「ええ。親しいわ」

「トムのスタミナはいかがです？」

ステファニーが、大きな微笑を浮かべた。

「十分あるわ」

ジェッシイも彼女と一緒に微笑した。

「この前、なぜこういうことをみんな話してくれなかったのですか？」

「皆さんがいらっしゃるところで？」

彼が頷いた。

「他に何かありますか?」彼が言った。

ステファニーは、残っていたマティーニを飲み干した。サラダは、まだ全然食べていなかった。

「彼は、遺言でわたしに一万ドル残してくれました」

「昔のよしみだ」ジェッシイが言った。

「エレンにも一万ドル残しました」

「他の人は?」

ステファニーはウエートレスを捜していた。見つけると、空《から》のグラスを振って見せた。

「ローリーは」彼女が言った。

「いくらです?」

「三千万ドル。およその額ですけど。それと、ウォルトン・ウィークス・エンタープライズのすべて」

「ウォルトンがいなくても価値があるのですか?」

「いつでもアランがいます」

「テレビ、ラジオ、その他何から何まで?」

ステファニーは、サラダを一口食べた。マティーニが来た。彼女は、そっちに注意を向けた。

「わかりませんわ。それについては、トムにお訊きにならなければ」

「マネージャーのノーランですね」

「ええ。それからサム」

「ゲイツですか？　弁護士の？」

「そう」

「ケアリー・ロングリーについては、遺書に何も書かれていないのですね」

「ええ」

ステファニーは、たとえマティーニで酔ったとしても、表に出さなかった。ただ、三杯目は、一口飲んではサラダを食べるという具合に、少しばかりスローペースになっていた。ホテルのコーヒー・ショップは、のんびりランチを食べるようなところではなく、ほとんどのテーブルから人がいなくなっていた。

「コンラッド・ルッツをご存じですか？」ジェッシイがきいた。

「名前は聞いたことがあります。ウォルトンのボディガードでしょう？」

「あなたが結婚されていたときは、ウォルトンのところで働いていなかったんですね？」

「ええ」

「ウォルトンがなぜボディガードを必要としていたか」ジェッシイが言った。「理由をご存じですか?」

「そうですねえ。確かに、お偉方の中には、彼を不快に思う人がいるにはいました。でも、大したことではありません。わたしが一緒の頃は、ボディガードの必要はなさそうでした」

「あなたと一緒なら、誰も必要としないでしょう」ジェッシイが言った。

42

「サムに、同席してくれるように頼んだほうがいいと思ったんです」トム・ノーランが言った。

「弁護士が必要と思われるなら」ジェッシイが言った。

「わたしは、芸能界の民事弁護士です」サム・ゲイツが言った。「刑事問題なら、わたしは適任じゃありません」

「ウォルトンのビジネスを、わたしが一方から」ノーランが言った。「サムが他方から知っているってことだけなんです」

「わかりました」ジェッシイが言った。「ウォルトンのビジネスの将来はどうなりますか？」

「アランと一緒に、続けるつもりです」ノーランが言った。

「ヘンドリックスですか？」ジェッシイが言った。

「ええ。この企業は、このままウォルトン・ウィークスと呼ばれると思いますが、今度からはアラン・ヘンドリックスのウォルトン・ウィークスになります」

「市場は、それを受け入れますか？」ジェッシイが言った。

「受け入れるでしょう。アランは以前にもウォルトンの代役をしたことがあります。人々は彼を気に入っています。新たな遺産として売り出すつもりです」

「企業は続く、というわけですな」

「もちろん、ウォルトン・ウィークスは一人しかいません」ノーランが言った。「しかし、おっしゃる通り、企業は続きます」

「では、これは予想されたことなのですか？」

ノーランが、ゲイツを見た。

「予想された？」ゲイツが言った。

「もしわたしが、ウィークスは死ぬだろうと昨年の冬に言ったとしたら、この企業が生き残れるとわかっていましたか？」

「そう言われても、誰も、その昨年の冬にはそんなことなど考えもしませんでした」ゲイツが言った。「ウォルトンは老人ではなかったし、健康でしたから」

「しかし、もし考えたとしたら」ジェッシイが言った。

「このフランチャイズは、存続能力があるという結論を下したと思いますよ」ゲイツが言った。

「もちろん、それはミセス・ウィークスが決めることだったでしょうね」ジェッシイが言った。

「そして、彼女はヘンドリックスを推しているんですね」

「彼女は、アランがふさわしい後継者になるだろうと思っています」ゲイツが言った。「彼女が、唯一の遺産相続人ですから」

「六カ月前でも、明らかに、そう思ったでしょうかね？」

「何を言いたいんですか？」ノーランが言った。

ジェッシイが、微笑し肩をすくめた。

「わたしは、ただジタバタやっているだけです」ジェッシイが言った。「田舎町の警官が深みにはまってしまったんですから」

「あなたは最善をつくしていると思いますよ」ゲイツが言った。

ジェッシイは、恐縮しているように見えた。

「それで、ローリーとアランはうまくやっているのですか？」

「ええ」ノーランが言った。「もちろんですよ」

「どのくらいうまく？」ジェッシイがきいた。

ノーランがそっぽを向いた。

ゲイツが言った。「何かほのめかしているのですか？」

「何かをほのめかすには」ジェッシイが言った。「何かを知っていなければならない。わたしは、ただ知ろうとしているだけです」

「トムもわたしも、彼らの私生活に立ち入るべきじゃないと思いますがね」ゲイツが言った。

「それでは、彼らがどのくらいうまくやっているかという質問は」ジェッシイが言った。「彼らの私生活に関することになるんですね？」

「そうは言っていません」ゲイツが言った。

「ローリーとウォルトンはどうですか？」ジェッシイがきいた。

ノーランが再びゲイツを見た。ゲイツは黙っていた。

それから、言った。「あなたは、田舎町の警官にしてはかなり優秀ですな」

ジェッシイが微笑した。

「まあ」彼が言った。「わたしは署長ですから」

ゲイツが頷いた。

「ミスター・ウィークスとミセス・ウィークスは仲良くやっていましたか？」

「ここのところは、オフレコにしてもらえませんか？」

「だめです」ジェッシイが言った。「マスコミには一切話しません。しかし、証拠となれば、地方検事に話すことになります」

「だが、マスコミには言わない」

「わたしの口からは」ジェッシイが言った。

ゲイツが、再び頷いた。ジェッシイは待った。

「ウォルトンは、わたしに離婚弁護士を紹介するように頼みました」ゲイツが言った。

「彼が？」ノーランが言った。

誰も、彼に注意を向けなかった。

「いつのことです？」ジェッシイが言った。

「三カ月前です」

「それで、紹介したのですか」

「ええ」

「誰ですか？」

「それは証言免除になるはずです」ゲイツが言った。「しかし、あなたの顧客が殺害され、わたしは、犯人を捜し出そうとしているわけです」

「ええ、間違いなく」ジェッシイが言った。

ゲイツが頷いた。「考えなきゃなりませんな」

ジェッシイは待った。

「エスター・バーグマンです」ゲイツが言った。

「市内の方ですか？」

「ええ。〈ホフマン・ダルトン・アンド・バークス〉」ゲイツが言った。「ダウンタウンです」

「ウィークスは、彼女に相談したのですか？」ジェッシイがきいた。

「わかりません」

「ミセス・ウィークスは、このことを知っていましたか？」

「わかりません」

三人の男は、ノーランのペントハウスのオフィスでしばらく黙っていた。

「離婚となれば、この企業にどんな影響を与えたでしょうね」ようやくジェッシイが言った。

ノーランがゲイツを見た。ゲイツが頷いた。

「影響はない、というのがわたしの予想です」ノーランが言った。「ウォルトンは有名ブランドだし、以前にも離婚している。影響はなかったと思いますよ」

「それでは、前の奥さんに対する影響は？」ジェッシイが言った。

「ローリーですか？」ノーランが言った。「遺産問題がどう決着するかによるんじゃないですか」

「しかし、彼女が相続人でなくなる確率は高かったでしょう」

「高かったでしょうな」ゲイツが言った。

43

ジェンの部屋は、清潔だが、片づいていなかった。衣服は放り出されたまま。キッチンには、汚れた皿や、急いで食べた簡単な朝食の屑が散らかっている。バスルームは化粧品がひっくり返っていて、シャワーのそばの床には濡れたタオルが丸めてある。サニーは、ニヤッとした。

〝今朝は、遅刻しそうだったのね〟

ベッドルームの化粧ダンスの上に、ジェッシイの大きな写真があった。無帽で、顔全体に日の光を浴びている。サニーは、しばしその写真を見ていた。それから、リビングに戻り、彩色されていて、脚はフレンチスタイルの小さなライティング・テーブルに座った。事務机の代用にしているらしい。上には、電話機と、ノート型パソコンが置いてあった。開けたままで、画面が明るくなっている。サニーは、画面の下の方のアドレス・ブックを開いた。アドレスがたくさん入っていた。ジェッシイのEメールアドレスがあった。それから、tpat@cybercop.com も。クリックしてみるとティモシー・パトリック・ロイドだった。

〝簡単〟部屋にはジェンの香水の臭いが強く漂っていた。高級なアパートだが、サニーには、すこし装飾過剰に思えた。

〝とにかく、ここに来たのだから、できるだけ見ていかなきゃ〟

ライティング・テーブルの引き出しを開けた。大多数の人の引き出しと同じだ。ペン、クリップ、必要ではないけれどまだ捨てられない紙類、物差し、メモ用紙の箱、はさみ、切手。小さな二番目の引き出しには、小切手帳と、請求書が何枚かあった。彼女は、手順良くアパートをチェックしていった。ダイニング・エリアのカウンターの引き出しには、アルバム兼スクラップブックがあった。結婚式の時のジェンとジェッシイの写真。ジェンと何人か違う男が写っている異なった写真が何枚か。そのうちの一人は見たことがある俳優だ。野球のユニフォーム姿の非常に若いジェッシイの写真もあった。それから、数年前にパラダイスで二人の連続殺人犯が逮捕されたが、その時のジェッシイの活躍ぶりが書いてある新聞の切り抜き。放映中のジェンの写真と、報道用の顔写真が何枚か。それから、ビキニ姿のジェンの写真が二枚。どこかの海岸でティモシー・パトリック・ロイドと一緒に写っている。

サニーは、その二枚の写真を取ってハンドバッグに入れてから、アルバムの残りをすべて見た。家族の写真はなかった。親らしい人物もいない。子供の時のジェンの写真もない。サニーは、アルバムを元に戻した。ベッドルームのクローゼットには、ヴィクトリア・シークレットのナイトウエアがあった。ドレッサーの引き出しに入っている下着は、着心地よりも見た目の良さで選んであった。サニーは、笑みを漏らした。

洗面所の棚には、使いかけの避妊具があった。化粧品は高価なもので、よく考えて選んであった。香水は非常にいいものだ。髪の手入れには、ほとんどサニーと同じ製品を使っている。ホットローラーもサニーが持っている物と同じだった。

〝それほど変わった人じゃないわ。美人で、もっと美しくなりたいと思っているけど。嘘つきだってことを除けば、別に注目すべきところは何もないわね〟

サニーは、しばらく静まりかえったリビングに立ち、辺りを見回した。アパートはモダンでおしゃれで、清潔で、気楽で、普通で、静かだった。彼女は、声を出してみた。その声は、空虚な空間の中でやけに現実的に聞こえた。

「よかった。わたしにはロージーがいる」彼女の声が言った。

44

ウォルトン・ウィークス・エンタープライズは、ペン・ステーション近くのビルにオフィスがある。大きなフロントと、今や沈黙の証人と化しているウォルトンの堂々たるオフィスと、その隣のいくぶん小さいがそれでもかなり立派なオフィスに、数人の秘書が控えていた。ジェッシイは、今その小さいほうのオフィスで、アラン・ヘンドリックスと向き合っていた。

「緊張していますか?」ジェッシイがきいた。

「何ですって?」

「あなたは、ウォルトン・ウィークスになろうとしています」ジェッシイが言った。「そのために、緊張していますか?」

「うーん」ヘンドリックスが言った。「確かに、後継者にとっては偉大な人物です」

「もちろん、もういくらか経験されていますね」ジェッシイが言った。

ジェッシイには、ヘンドリックスの顔がこわばったように見えた。

「どういう意味ですか？」

「ウォルトンの調査と執筆をたくさんなさったという意味です」ジェッシイが言った。

「そうじゃないんですか？」

「もちろん、一緒に仕事をして何年にもなりますから」

「そして、先に進む覚悟ができていらっしゃる。一人で」ジェッシイが言った。

「ミセス・ウィークスが、そう望むのであれば」

「彼女はそう望んでいるのでしょう？」

「そういう意味のことは、おっしゃっています」ヘンドリックスが言った。

彼は、謙虚そうに見えた。

「それで、うまくいっているのですか？」

「彼女は、大変立派な女性です」アランが言った。「わたしに失望していないといいのですが」

「今まで、そんなことがあったのですか？」

「ないと思います」

ジェッシイは微笑し、何も言わなかった。

「何が言いたいんです？」ヘンドリックスが言った。

ジェッシイが肩をすくめた。

「あなたのほうこそ何か勘ぐっているのでは？」

ヘンドリックスが、ジェッシイを凝視した。

「わたしは、州のお偉方を数人はインタビューしています」ヘンドリックスが言った。「もし、わたしが田舎町の警察署長ふぜいに怖じ気づくとでも思われるなら、残念ながら見当違いですよ」

「参りましたな」ジェッシイが言った。

「なぜこんな話し合いをしているのですか？」

「死亡時刻の問題が持ち上がったんです」ジェッシイが言った。「過去六週間のアリバイはありますよね？」

「六週間」ヘンドリックスが言った。「冗談でしょう。死亡時刻は確定したと思っていました」

「われわれもそう思っていました」ジェッシイが言った。「しかし、そうじゃなかったんです」

「つまり、あなたは探りを入れに来たんですな、わたしとローリーとの間に不義密通でもあるかのようにほのめかしながら」

「そんなことを示唆した覚えはありませんな」ジェッシイが言った。

「あんたのやっていることぐらいわかるんだ」ヘンドリックスが言った。「わたしは、あんたがスピード違反で捕まえた、どこかの怯えたティーンエージャーとは違うんだ」

「違うと思いますよ」ジェッシイが言った。「じゃあ、あなたはミセス・ウィークスと親しかったんですね？」

ヘンドリックスは、突然デスクの前から立ち上がった。

「このインタビューは終わりです」ヘンドリックスが言った。

ジェッシイは、ゆっくり立ち上がると、微笑し、頷いた。

「親しかった」彼が言った。「そうですね」

ヘンドリックスは何も言わなかった。ジェッシイは、向こうを向くと出ていった。〝ステファニーのあの話は、正しかった〟ジェッシイは、エレベーターを待ちながらそう思った。

45

スーツが、ドーナッツ一箱とコーヒーを三つ持って、詰所に入ってきた。会議用テーブルの真ん中にドーナッツの箱を置き、モリイ・クレインとジェッシイにコーヒーを渡した。

「何か聞き漏らしたことはありますか？」スーツが言った。

「今回の犯罪について、俺の推論をおおざっぱに説明していたところだ」ジェッシイが言った。

「ということは？」スーツが言った。

「まだ解決していないってことよ」モリイが言った。

スーツが頷いた。

「コックスが受付にいて」スーツが言った。「どうして自分はドーナッツをもらえないのかって言うんですよ。まだ刑事になっていないからだって言ってやりました」

「ご名答、スーツ」モリイが言った。「班の結束を促進しているわ」

ジェッシイは、コーヒーのプラスチック・カバーを取って、会議用テーブルに放り投げた。黄色のチョークで名前を書き連ねておいたグリーンの黒板の脇に立っている。

「離婚弁護士と話をしてきた」ジェッシイが言った。「エスター・バーグマンだ。彼女は、ウィークスが離婚を望んでいたことを確認している。さらに、ローリーには離婚に際して和解金をたっぷり支払うつもりでいたこと、しかし、離婚後の生活手当は払いたくないこと、もちろん、遺書は変更するつもりだったことを確認している」

「そのうちのどれかは、すでに実行されているのですか？」モリイがきいた。

「いや。弁護士は準備を進めていた」

「ローリー・ウィークスは知っていたんですか？」スーツが言った。

「弁護士の話だと、知っていた」

「おかしいな、誰もそのことを口にしないなんて」スーツが言った。

「懐かしのステファニーも」ジェッシイが言った。

「他に何か、今回の出張でわかりましたか？」スーツがきいた。

「ローリーは、ヘンドリックスとセックスをしている」ジェッシイが言った。「あの忠実な調査員だ」

「どうしてわかったんです？」スーツが言った。

「懐かしのステファニーよ」モリイが言った。「ジェッシイは、マティーニ三杯とランチ付きの尋問をしたの」

「けっこう効き目があるんだ」ジェッシイが言った。

「取調官が一緒に飲まなければね」モリイが言った。

「ステファニーは、たまにはウォルトンと、今はトム・ノーランと親密だと教えてくれたよ」

「ニューヨークには、忙しい人たちがいるのね」モリイが言った。

「大勢の人がいろんなことを教えてくれなかったんだな」スーツが言った。「ルッツは、ボルティモア郡でウィークスを逮捕したことを話さなかったし」

「警察の仕事の危機だ」ジェッシイが言った。

「人が信用できなくなりますよね」スーツが言った。

モリイが、砂糖をまぶした揚げ菓子を小さく割った。

「そう思う？」彼女が言って、揚げ菓子のかけらを口に入れた。

「だから、俺たちにわかっていることは、ミセス・ウィークスは、夫が離婚を企てているのを知っていたということだ。それと、夫の死後、フランチャイズを継続するだろう男と親密だということだ」

「確かですか、ステファニーがただの悪口好きの女《キャッティ》じゃないって？」モリイが言った。

「キャッティって性差別的概念じゃないのかい？」ジェッシイが言った。

「そうですよ」モリイが言った。「とにかく、彼女がそうじゃないことは確かですか？」

「俺は、ヘンドリックスと話をした。二人は何か企んでいたんだ」ジェッシイが言った。

「しかし、もしウォルトンが彼女と離婚すれば」スーツが言った。「彼女はフランチャイズのコントロールを失う」

「ということは、ヘンドリックスを失うことになるかもしれないわね」モリイが言った。

「あるいは、ヘンドリックスは、ウィークスが死んだときに、仕事がもらえないことになるのかもしれない」

ジェッシイが頷いた。

「あるいは、その両方」

「ケアリーと生まれるはずだった子供が、すべてを手に入れることになるのかしら？」モリイが言った。

「そうだろうな」ジェッシイが言った。

「じゃあ、かなり強い動機がある」スーツが言った。

ジェッシイが頷いた。しばらく、誰も何も言わなかった。

それから、モリイが言った。「しかし？」

「しかし、あんなことをしている彼らを想像できるか？」

「わたしは、その人たちに会ったこともないから」

モリイが、揚げ菓子の小さなかけらをもう一つ食べた。ジェッシイが微笑した。ジェンが、太らないようにと、よく小さなかけらを食べていたのだ。

「バーグドーフ（マンハッタンの五番街にある高級デパート）を着こなす洗練された女と、アイビーリーグの卒業生」ジェッシイが言った。「おそらく、プリンストンだ。彼らだって、二、三人を撃つぐらいならできるだろう、たぶん。しかし、ウォークインの冷蔵室がある家まで運び、そこに貯蔵し、放り出して、一人を木に吊るし、もう一人をゴミ容器に捨てるっていうのは？」

「死体に対する室温の影響についてそれほどの知識がある人間には見えないですね」モリイが言った。

「そうなんだ」ジェッシイが言った。

「しかし、ルッツなら」スーツが言った。

「そうだ」ジェッシイが言った。

「だが、彼には動機がない」スーツが言った。

「われわれにわかっている動機がないんだ」ジェッシイが訂正した。

「彼らが、彼を雇ってやらせることもできますね」モリイが言った。

「そうすれば、彼に残りの人生を支配されるが」ジェッシイが言った。

「バーグドーフのおしゃれさんとプリンストンの卒業生も、おバカさんになることもあるわ」モリイが言った。

ジェッシイが頷いた。

「さて」スーツが言った。「これで、この犯罪の現実的な理論ができたぞ」

「ローリーが、ヘンドリックスと共犯で、あるいは、共犯ではなく、たぶん、ルッツの助けを借りてやった」

「〝何とかで、あるいは、何とかでなく〟や、〝たぶん〟だらけね」モリイが言った。

「まったくだ」ジェッシイが言った。

「それに、わたしたちの理論を裏付ける確実な証拠があるのかしら？」モリイが言った。

「手がかりのようなもののことか？」ジェッシイが言った。

モリイが頷いた。

「いや、ない」ジェッシイが言った。

「じゃあ、どうします？」

「全員の履歴を再調査する」

「全員の？」スーツが言った。

「黒板に書いてある者全員だ」ジェッシイが言った。

「結局、ルッツが真実を語っているということになるかもしれないですよ」

「どんなにおかしくともな」ジェッシイが言った。

「それから、ローリーとアランは、ただ不貞を働いているだけかもしれないわね。人は、配偶者を殺さなくても裏切りますからね」

ジェッシイがにっこりした。「経験から言ってるのかい、モル？」

「まだですわ」

「そうか、その時になったら……」ジェッシイが言った。

「あなたこそリストに載ってますよ、ジェッシイ」

「俺はどう」スーツが言った。「俺もリストに載ってますか？」

「ちゃんとした大人になるまではだめよ」

「何だよ、モル、俺はもう少しで刑事なんだ」

「さあ、理論はできた。これからそれを証明するか、あるいは、反証するものが見つかるかやってみよう」ジェッシイが言った。

「すごい」モリイが言った。「科学的手法みたいだわ」

「まあな」ジェッシイが言った。

「科学的手法って何ですか？」スーツがきいた。

「そんなことも知らないで、なぜ自分がリストに載らないんだろうなんて思うの」

モリイは、揚げ菓子を平らげてしまった。

「なぜわざわざこんなもの食べたのかしら」彼女が言った。「腰に直接くっつけたほうがましだわ」

46

サニーが、ジェッシイと一緒に〈グレイ・ガル〉のバーに座っていた。ジェンとティモシー・パトリック・ロイドの写真をカウンターに置いた。

「ジェンはわかるわね」サニーが言った。「一緒にいる男がストーカー」

ジェッシイが、スコッチを飲んだ。

「彼女が知らないと言った男だな」

「彼も、彼女を知らないと言ったわ」

サニーは、じっと写真を見下ろしているジェッシイの顔を見た。彼の顔は何も表わしていない。写真の中の二人は抱き合っていた。

「二人は知らない仲じゃない」ジェッシイが言った。

「そうね」

「何か案があるかい？」

「わたしの案は、あなたがわたしにしてほしいと思っていることを知ることだったわ」

ジェッシイが頷いた。サニーは、ジェンが他の男と一緒にいる写真を見て、ジェッシイがどう感じているだろうと思った。驚きなんてものではなく、苦痛に違いない。彼女はマティーニを啜り、グラスの縁越しに彼を見た。まだ写真を見ている。顔はうつろだった。

「この写真で彼女と対決する必要があるだろう」ジェッシイが言った。

「わたしがやるわ」

「いや」ジェッシイが言った。「俺がやる必要がある」

「なぜ？」

「そのほうが彼女にとって気が楽だろう」

「彼女が裏切っているところを、わたしではなく、あなたが押さえるほうが？」

ジェッシイが頷いた。

「彼女はそれだけ恥をかかないですむ」

サニーは、何も言わなかった。

「リッチーだったらと想像してくれよ」ジェッシイが言った。「自分でやりたくないかい？」

「わたしが気が違っているって証明しても」サニーが言った。「あなたが気が違っていないという証明にはならないわ」

「わかっている」

「彼女は……」サニーは、言いかけてやめた。

「わかっている」

二人とも飲んだ。

「彼女がどんなことをすれば、あなたは彼女をあきらめられるのかしら?」サニーが言った。

「わからない」ジェッシイが言った。「俺たちが、しばらく一緒にロサンゼルスにいたときは……」

「覚えているわ」サニーが言った。「で、今は?」

ジェッシイはドリンクをじっと見つめた。

「きみを愛しているよ、サニー」彼が言った。「ああ、モリイ・クレインも愛しているかもしれない」

「彼女には触れたことがないでしょう」

「もちろん、ないさ」

「でも、ジェンはジェンなのね」

「そうなんだ」

「まあ、驚いた」サニーが言った。「わかるわ」

「わかってくれると思っていた」

彼は、ドリンクを飲み終わり、身振りでお代わりを求めた。

「じゃあ、彼女をどうしたらいいの？」

「一緒にいてやってくれ」

サニーが頷いた。ドリンクを飲み終わり、バーテンダーに頷いた。

「いつ彼女と話す時間がとれるの？」

ジェッシイが、かすかに微笑み、頭を振った。

「時間は作れる」彼が言った。「問題は、いつ勇気が持てるかだ」

47

消防署のドライブウエーを見下ろすオフィスの窓から、ジェッシイは車の到着を見ていた。マサチューセッツ州知事と、部下のリチャード・ケンフィールド、それに、ジェッシイにはその役割もわからない三人のスーツ姿の男が、州警察官が運転するリムジンから降り、押し寄せる記者たちをかき分けてジェッシイのオフィスに向かってきた。黒い大型車のシェヴィ・サバーバンがリムジンの後ろに止まった。誰も降りてこなかった。

知事は、立ち止まってテレビ記者の一団と話をした。ジェッシイには、彼が何を言っているのか聞こえなかった。おそらく、何か力強く前向きなことを言っているのだろう。それから、知事と取り巻きは、署に入り、ジェッシイのオフィスに来た。知事が手を突きだした。

「ストーン署長ですか？」彼が言った。「カボット・フォーブスです」

ジェッシイが彼の手を握った。知事は、オフィスを見回した。

ケンフィールドが言った。「知事は、スタッフの同席を望んでおられます。もう少し大きい部屋はありますか?」

「もちろんです」ジェッシイが言った。

彼らは、会議室に移動した。ジェッシイは、テーブルからピザの箱を片づけ、一団の人人に座るように身振りで示した。彼は、テーブルの端に座った。知事は反対側の端に立った。背が高く、髪が短く、細面だった。

「われわれは、あなたを助けるために来たんで」知事が言った。「批判するためではない」

ジェッシイが頷いた。

「しかし、この事件はマサチューセッツ州が当惑するほど長引いており、州の人々は解決のめどが立っているのかどうか、知る必要がある」

ジェッシイが頷いた。知事は、いったん言葉を切った。ところが、ジェッシイが何も言わないので、ちょっと怒ったように見えた。

「さらに、わたしは、ウォルトンとローリーを個人的な友人と考えている。従って、事態はなおのこと当惑の度を増している」知事が言った。

ジェッシイが頷いた。

「進展はあるのかね?」知事がきいた。

「はい」

「容疑者はいますか？」

「大勢います」ジェッシイが言った。

「逮捕は目前か？」

「いいえ」

「この事件を解決するには、何が必要なんだ？」

「手がかりです」

「あんたは、わざと非協力的な態度をとっているのかね、ストーン署長？」

「いいえ、閣下。注意深く拝聴しております」

「わたしが特に心配しているのは、ミセス・ウィークスが丁重な扱いを受けているかだ」

知事が言った。「今回の事件は、彼女には悪夢だった。彼女が事件の解決を望むのは当然のことだ」

ジェッシイが頷いた。

「いいですか、ストーン、わたしは彼らの結婚式にも出席したんだ」

「そうですか」ジェッシイが言った。「結婚式はいつだったのですか？」

知事がケンフィールドを見た。

「千九百九十年です」ケンフィールドが言った。

「どこでですか？」

「ボルティモア。そうだったな？」知事がケンフィールドにきいた。

ケンフィールドが頷いた。

「ハーバー・コートで」彼が言った。

「二人はどこで出会ったのですか？」ジェッシイがきいた。

またもや、知事はケンフィールドを見た。

「奇妙なことですが、ウォルトンのボディガードを通してです」ケンフィールドが言った。

「ボディガードが二人を紹介したんです」

「ルッツですか？」ジェッシイが言った。

「ええ」ケンフィールドが言った。「コンラッド・ルッツ」

「彼は、どこでローリーと知り合ったのでしょうか？」ジェッシイが訊いた。

知事もケンフィールドも首を振った。

「忘れないでもらいたいね」知事が言った。「わたしはこの州の最高行政執行官だ。話をはぐらかそうとしてもそうはさせない。わたしは、この捜査を迅速に進めるために、マサチューセッツ州の持てるものはすべて提供しようという善意でここに来たのだ」

「ありがとうございます、閣下」ジェッシイが言った。

「ストーン」フォーブスが言った。「いちいち〝閣下、閣下〟と言わんでくれないか。いったい、この事件の解決のめどがたっているのか、いないのか？」

「できるだけのことはやっています、知事」ジェッシイが言った。「それに、わたしはそれなりに有能です。逮捕に至ったときには、即座にご連絡します」

知事は少し赤くなり、またもやケンフィールドを見た。

それから、「その約束は守ってもらうぞ」と言うと、くるっと向きを変え部屋から出ていった。スタッフは、あたふたと自分のノートやブリーフケースを取り、彼の後から部屋を出ていった。

48

「ルッツがチェックアウトしました」スーツが、ジェッシイのオフィスに入ってきて言った。

「いつ？」

「署長が彼と話をした翌日です」スーツが言った。「ニューヨークの住所に当たってみましたが、彼は電話に出ません。それで、俺はビルの管理人に話をし、ビルの管理人はドアマンと話をしたんですが、誰もルッツを見ていません」

「そうか。何かが動き始めたな」ジェッシイが言った。

「ただし、どこで、なぜということがわかりません」

「今のところはな」ジェッシイが言った。「しかし、どんな動きでも、あればいい」

「そうなんでしょうね」スーツが言った。「彼を見つけるつもりですか？」

「そうだ」

「またニューヨークに行きますか？」

「たぶん」

ジェッシイは、天井を、そこに何かがあるかのように見上げた。スーツは待った。ジェッシイは黙っていた。

「今朝、テレビで知事を見ましたか？」スーツが言った。

「いや」

「もっと積極的に捜査に関与するつもりだと、言ってましたよ」スーツが言った。「自分のオフィスのすべてを投入するから、たぶん、今夜までには解決するだろうって」

「たぶん、そうはいかないだろう」ジェッシイが言った。「ローリー・ウィークスになる前のローリー・ウィークスについて、調べてくれ。何という名前だったか？　出身はどこか？　どこでルッツと知り合ったか？　何でも思いつくものを調べるんだ。ニューヨークの陸運局から運転免許証の拡大写真を手に入れれば、役に立つかもしれない」

「もし、彼女を突き止めたら」スーツが言った。「俺の個人ファイルに載りますか？」

「刑事は確実だな」

「本署に刑事が誕生すればの話でしょう」スーツが言った。

「まさにその通り」ジェッシイが言った。「そうしたら、お前もその一人だ」

「俺が気に入ったのは」スーツが言った。「知事がここに来て報道陣に顔を見せ、この事件をどう解決してほしいのかまくしたてた挙げ句、彼がやったことで唯一役に立ったことには、気づいてもいないってことです」

「俺が訊いたときは、怒っていた」ジェッシイが言った。

「また一人シャツとタイをつけた空っぽの男か」スーツが言った。

「彼らはどうしてみんな、あんななんですかね」

ジェッシイが肩をすくめ、首を振った。

「仕事が、あの種の男を惹きつけるんだ」

「いいやつはいないんですか？」

「まずいないだろうな」ジェッシイが言った。「お前は知事になりたいか？」

「いいえ」

「大統領は？」

「とんでもない」スーツが言った。

「なぜ？」

「嘘が多すぎますよ」

「じゃ、誰なら、そういう仕事をしたがるんだ？」

「嘘つき」

ジェッシイが、彼に微笑んだ。

「金槌を使うのが得意な者は」ジェッシイが言った。「釘を探せ」

「すごい」スーツが言った。「道理で署長になれたわけだ」

49

ジェンは、ジェッシイの訪問に備えて、アパートを飾り立てた。ベッドにはおしゃれなカバーをかけ、装飾用のクッションを置いた。ろうそくに火をつけ、クリスタルのグラスを出し、銀製のアイスバケットに氷を満たした。

彼女は、部屋に入ってきた彼と抱き合った。

「よかった」彼女が言った。「あなたと一緒だと、ほんとに安心する。もちろん、サニーは素晴らしいわ。スパイクも。でも、誰といても、あなたと一緒のときのように感じることは決してないの」

「それは、たぶん俺にとっても同じことだろう」

「わたしと一緒の時に」ジェンが言った。「安心するの？」

「多少は」

彼らは、互いの身体に腕をまわして立っていたが、しばらくして、身体を離した。

「封筒に何が入っているの？」ジェンがきいた。

「すぐに見せてあげるよ」ジェッシイが言った。

ジェンが、ジェッシイと自分のために飲み物を持ってきて、ソファの端に脚を折って座った。ジェッシイが反対側に座った。ジェンが、グラスを彼に向けて挙げた。

「ええと」彼女が言った。「また、一緒になれたわ」

「そうだな」

「何が起きても」ジェンが言った。「わたしたち、どうにかやっているわ、互いに結びついて」

「わかっている」

「わたしたちの何がいけないのかしら、ジェッシイ?」

「異なることだろう、たぶん」

「どういう意味?」

「たぶん、俺にとって問題のことが、きみにはそうでない」

「それでも」ジェンが言った。「わたしたちは今こうして一緒よ」

ジェッシイが頷いた。コーヒーテーブルから茶色の封筒を取りあげ、縦八インチ横十インチの写真を二枚出した。サニーが見つけた写真を引き伸ばしたものだ。彼は、テーブルのジェンの前に二枚並べて置いた。ジェンは、写真を見ようと、ちょっと前屈みになった。

写真を見た瞬間、ジェンが言った。「まあ!」

ジェッシイは待った。

「この写真、なんなの？」

「きみと、男だ」

「どこで見つけたの？」

ジェッシイは肩をすくめた。

「わたし、こんな男知らないわ」ジェンが言った。

「きみの身体に腕をまわしている男だぞ？」ジェッシイが言った。「この男だぞ？　頭を彼の胸に乗せているのに？　彼だぞ？」

「まあ、ジェッシイ、嫉妬しないで」ジェンが言った。「わたしがどんな女だか知ってるじゃない」

「きみがどんな女だかはっきりわかれば」ジェッシイが言った。「俺の人生はもっと単純だったかもしれない」

「わたし、その人知りもしないわ。どこかのビーチ・パーティで一緒になっただけよ。ふざけていただけ」

「彼の名前はティモシー・パトリック・ロイドだ」

「かもしれないわね」

「彼を知っているのか？」

「あまり」

「彼のEメールアドレスが、きみのパソコンに入っている」

「わたしのパソコン？」

「サイバーコップ・ドット・コムのｔｐａｔ」

「ひどいわ。わたしのパソコンを調べたの」

ジェッシイが首を振った。

「あなたが嗅ぎ回れるようにって鍵を渡したわけではないのよ」

ジェッシイは黙っていた。

「あなたなんか、ろくでなしよ」

ジェッシイは何も言わなかった。

「すてきなディナーを用意していたのに」

彼女が泣き始めた。ジェッシイは、息を吸いこむと腰を下ろした。ジェンがすすり泣いている。ジェッシイは待った。

しばらくして、ジェンがジェッシイに言った。「ナプキンかなにか取って」

ジェッシイは、コーヒーテーブルにきれいにアレンジしてあったカクテル・ナプキンを取って渡した。ジェンが、ナプキンで目を拭った。

「すてきな夜になるはずだったのに」

ジェッシイが頷いた。

「わたしには、もうすてきな夜なんてあまりないのよ」

ジェッシイが、コーヒーテーブルの上の写真を顎で示した。

「あれが、きみを追い回していたストーカーだ、ジェン」

「わたしは――」

ジェッシイが、車の流れを止めるかのように手を上げた。

「俺たちは二人とも、わかっているんだ」彼が言った。「彼はきみをレイプしたのか？」

再びジェンの目に涙が溢れた。彼女は両手に顔を埋め、頭を振った。

「レイプしなかったんだな？」

彼女は答えなかった。

ジェンが、ソファから滑り落ち、ジェッシイの胸に顔を押しつけた。彼が彼女の身体に腕をまわし、その中で彼女は静かに泣いた。

「彼はきみをレイプしたのか？」ジェッシイがきいた。

彼女は答えなかった。

しばらくして、ジェッシイが言った。「どんなひどいことでも俺は聞く覚悟がある、ジェン」

彼の声はかすれていた。

「わたしたちセックスをしたの。わたしはしたくなかったのに」

彼女の声は、彼の胸の中でこもっていた。

「それをレイプというなら」ジェッシイが言った。「アメリカのほとんどの女性は、告訴が出来るだろう」

ジェッシイは、彼の胸の中で彼女の頭がかすかに頷くのを感じた。

「彼はきみをレイプしたのか？」

「あなたには決して……」

「〝決して〟なんてないんだ、ジェン。俺たちのどこがいけないのか、俺にはわからない。俺たちが何をしているのかもわからない。俺たちがどこに行こうとしているのかも、全然見当がつかない。だが、何であれ、どこであれ、俺たちの間に〝決して〟はないんだ」

彼女は、彼の胸からちょっと顔を上げた。目が赤く、アイメイクが流れていた。

「〝いつも〟はあるの？」

ジェッシイが彼女を見下ろした。その質問は、沈黙の部屋に青い煙のように漂った。

「ある」ジェッシイが言った。「どんな種類の〝いつも〟か、あるいは、それがどんな種類の人生を意味するのかはわからない。でも、ある。俺たちの間には、いつも〝いつも〟があるんだ」

ただの隠喩に過ぎなかった青い煙は、消えたようだ。ジェンは再び頭を彼の胸にもたせかけ、泣くのを止めた。彼らはじっとしていた。

それから、彼女がそっと言った。「彼は、レイプしなかったわ」

ジェッシイが、彼女の肩をやさしくたたいた。

「女優だったと言ったら、彼、感動したの」ジェンが言った。「彼のマーケッティングとプロモーションの分野でわたしをぜひ使いたいと言った。イベントに出たり、モデルをしたり。わたしのキャリアの素晴らしい後押しになったでしょうね」

ジェッシイは、ずっと彼女の肩を静かに叩いていた。ジェンの声は、幸せな子供時代の話をしているかのように、穏やかだった。

「だから、わたしたち、ちょっとの間、浮気したの」

ジェッシイが頷いた。

「でも、何をやってもうまく行かなかった。彼の仕事の中にわたしにピッタリなものを探せなかったみたい……それに、彼ってそんなに楽しくないの」

ティム・ロイドがどんなにつまらない男だったかジェンが思い出している間、彼らは黙っていた。

「彼みたいな男は大勢いるわ」彼女が言った。「驚くほど大勢よ。セックスはしたがるけど、上手じゃないの。彼らは、ただ……」彼女は、ジェッシイに気づいて、言葉を切った。

「勝手にドタンバタンやってるだけなんだろう」

「自分の体験にしか関心がないのね」ジェンが言った。「だから、あまりセックスがうまくないのよ」

「じゃ、ティム・ロイドとのセックスそのものは、価値がなかったんだ」

「いやね」ジェンが言った。「それじゃ、身も蓋もない言い方だわ」

「その通りだろう」

「とにかく、うまく行かなかった」ジェンが言った。「最後に会ったとき、うまく行ってないって言ってやったわ」

「それで？」

「理由を知りたがったから、教えてあげた」

「セックスがうまくないっていうところも言ったの？」

「ええ」

「痛烈」

「彼のほうから訊いたのよ」

「それで、きみは彼にうんざりしてしまったんだ」

「そうなの」ジェンが言った。「彼は、その答えを受け入れるつもりはないと言った。それまで彼に話さなかったから、わたしが悪いんですって。もう一度セックスをして、わたしがどうしてほしいのか、彼に教えるべきだと言うのよ」

ジェッシイは、背中と首の筋肉が張るのを感じた。ジェンも感じた。

「あなた、大丈夫?」彼女が言った。

「俺は、何でも聞く覚悟がある、ジェン。言ってもらわなきゃならない」

「わたしは、イヤと言ったわ。衝動とか感情の話をしているのに、訓練なんてとんでもないって」

「彼が訊かなければならなかったのなら……」

「その通りよ」ジェンが言った。「彼はカンカンに怒った。わたしにむりやり言わせたがっていたわ。でも、彼は疲れ切っていた。勃起させるのは無理だろうって、わたしたち二人ともわかっていた。ティムは、一度もすぐに回復することがなかったから」

「それで、彼は帰ったのか?」

「ええ。でも、わたしが言ったことは受け入れない、だから、また会うことになるって言ったわ」

「じゃ、レイプの脅しがあったんだ」

「わたしにはそう聞こえたわ」

「それで、きみをつけ回し始めた」

「そうなの」

「だから、きみは怖くなり、俺のところに来てレイプされたと訴えた」

「ええ」

「俺が彼を殺すと思ったか？」

「いいえ、とんでもない、ジェッシイ。怖かったのよ。怖いと、あなたのところに逃げこむの」

「それで、嘘をついていたことがばれてしまうから、彼をストーカーだと認めなかったんだ」

彼女は、彼の胸に頭をこすりつけて頷いた。

「それは理由の一つだわ」

「それから、きみたちがどういう関係だったか、みんなに知られたくなかった」

ジェンが再び頷いた。

「わたしは、キャリアの手段として彼とセックスしていたの」

「きみは箱の中に入っていて」ジェッシイが言った。「無防備な状態になるのがいやだった。さらに、彼が問いつめられるのもいやだった」

「ええ」

「じゃ、どうなると思ったんだ？」

「わからない。考えが麻痺してしまったの。だから、何もかもを否定したんだわ」

「わかるよ」

「ロサンゼルスのあの時のことを覚えている？　わたしがグローブボックスの中のスコッチを見つけたときのこと」

「ああ」ジェッシイが言った。「きみの言いたいことはわかる」

彼らは、黙って座っていた。ジェンは泣きやんでいた。

しばらくして、ジェンが言った。「これからどうするつもり？」

「わからない。考えがまとまるまで、サニーにきみのそばについているように頼むよ」

再び、二人は黙った。

それから、ジェンが言った。「パラダイスの殺人事件について一度もあなたにきかなかったわね」

「何もかもが俺に降りかかってくる」

「わたしの余計な問題を持ちこまれたくなかったでしょう」

「いや、違う」ジェッシイが言った。「そうしてほしい。ただ、すべての算段がつくまでちょっと時間が欲しいだけだ」

「サニーに言うつもり？」

「ああ」

ジェンが頷いた。

「わたしをひどい女と思うでしょうね」

「サニーは、そういう判断をしない」

「彼女を愛しているの？」

「まあな」

「わたしよりも？」

ジェッシイは息を深く吸いこむと、ゆっくり吐き出した。

「いや」

ジェンが再び頷いた。

「わたしたち、どういうことになるのかしら、ジェッシイ？」

「神のみぞ知るだな」

「いいえ」ジェンが言った。「神様も知らないと思うわ」

50

スーツケース・シンプソンがノートを持って入ってくると、ジェッシイの机の前に座った。

「ベテラン刑事登場」彼が言った。

「ボルティモアは良かったかい？」ジェッシイが言った。

「ええ。けっこう寒いんですよ。港には大きなクインシー・マーケットがあって、クラブケーキを食べさせるところがいっぱいあります」

「何か見つかったか？」

「クラブケーキ以外にですか？」スーツが言った。「ええ。見つけましたよ」

ジェッシイは、椅子を後ろに傾けて、待った。

「ボルティモア郡警察に行って、人事部の素敵な女性と話をしました」

「その人とすぐ話ができたのか？」

「かなり速かったですよ。魅力を振りまきましたから」

「そりゃ、すごい」ジェッシイが言った。

「仕事がうまく行きますよ、刑事に魅力があると」

「それは知らなかった」

「とにかく、ルッツがあそこで働いていたとき、生命保険の受取人は、ロレイン・ピラシックだった。彼女は、彼の医療保険の被保険者でもあるんです」

「で、二人の関係は？」

「彼は妻と記載しています」

「ロレイン」

「もっとあります」

「ほう」

「あそこで働いていた頃の彼の住所を手に入れたんですよ。それで、出かけていって近所の人に話をきいてきました」スーツが言った。「二人を覚えている人が、三、四人いて、みんな、彼女のことをローリーと呼んでいました」

「ローリー・ウィークスの写真を見せたんだろう？」ジェッシイが言った。

「見せました」

「それで？」

「彼女でした」

「スーツ」ジェッシイが言った。「お前は、たぶん、刑事の親分になれるよ」

「刑事班ができた時ですね」

「できたら即座に」

「彼らは、はっきりそう言ったわけではないんです。免許証の写真がどんなものか知ってますよね。それに、彼女を知っていたのは十五年ぐらい前のことです。でも全員が、その写真は彼女だと思ったんです」

「結婚はうまくいっていたのか？」ジェッシイがきいた。

「みんなの記憶の範囲では」

「離婚したのはいつ？」

「誰も、離婚したのを知らなかった」

「昔住んでいた町を出ていったのはいつ？」

「こういうのを突き止めるのは難しいですよ。でも、おおかたの意見は、八〇年代の後半か九〇年代の初め頃でした」

「どこかに離婚届は出ているのか？」

「いいえ」スーツが言った。「ボルティモアには出ていません。もっとも、ウォルトン・ウィークスとローリー・ピラシックに対し結婚証明書が発行され、《ボルティモア・サン》紙に結婚の報告が載っていますけど。一九九〇年八月二十六日です」

「どこかよそで離婚した可能性もある」ジェッシイが言った。

「俺もそう思ったんです」

「そうか」ジェッシイが言った。「ゆっくりやってくれ。頑張れよ」

「自分に言ったんですよ。〝なぜ地元で離婚しないんだろう？〟」

「なぜなら、他の州に引っ越していたかもしれないだろう？」ジェッシイが言った。

「そうかもしれません。でも、思ったんですよ。もしかして、急いで離婚したかったのかもしれない。それなら、どこで即席離婚ができるか？」

「メイン州のドーヴァー・フォックスクロフト？」

「ラスベガスです」スーツが言った。「チェックしたって悪いことはない」

「それで？」

「ロレイン・ピラシックとコンラッド・ルッツは、ベガスで六週間居住し、八月十五日に離婚しました」

「彼女がウォルトン・ウィークスと結婚する十一日前だ」

「ちょっと頭が痛いですね」

「確かに。ウィークスは、ルッツの妻を盗んだのに、彼をボディガードとして雇い続けていたということか？」

「たぶん、ルッツは、ほんとうに寛大な男なんですよ」スーツが言った。

「たぶん」ジェッシイが言った。

51

ジェッシイが、午後九時にサニーのロフトに来た。ロージーが、サニーのベッドから飛び降りて、ロフトを駆け抜け出迎えた。彼は、ロージーを抱き上げ腹をなでた。下ろそうとしたときに鼻を舐められた。

「飲む?」サニーが言った。

「いいね」

二人は、飲み物を持って窓際に座った。

「ジェンの近況はこういうことなんだ」ジェッシイが言った。

ジェッシイが話をしていると、ロージーが来て、サニーを見上げキャンキャン吠えた。ジェッシイの話に耳を傾けながら、サニーは椅子の中で少し身体を動かしスペースを作ってやった。ロージーは跳び上がると、ぐるぐる回って居心地の良いところを探した。

ジェッシイが話し終わり、サニーが首を振った。

「かわいそうに」彼女が言った。

ジェッシイが頷いた。

「彼女は、最近、精神科医に診てもらっているの？」

「以前は」ジェッシイが言った。「でも、今は診てもらっているか、知らない」

「診てもらうべきよ」サニーが言った。「知ってる人がいるわ」

「精神科医なら誰でもいいというわけにはいかない」

「その人なら大丈夫のはず」サニーが言った。「わたしが、彼女に話してもいいわ」

ジェッシイが肩をすくめた。

「わたしにどうしてほしいの？」

「俺はニューヨークに行かなきゃならない」ジェッシイが言った。「帰ってくるまで、彼女が大丈夫なように見ていてくれないか」

「わたしかスパイクが、ロイドを何とかしましょうか？」

「いや、いい」ジェッシイが言った。「俺が、できるときにやる。ただ、彼女から遠ざけておいてくれ」

サニーはジェッシイにもう一杯スコッチをあげ、自分にも白ワインを注いだ。

「ロイドは危険だと思う？」サニーがきいた。

「そうは思わない。普通、ストーカーは、ストーカー行為しかしないから」

「でも、それ以上のことをする時もあるわ」

「確かに」

「わたしたちがいるわ」

「ありがとう」

「二重殺人はどうなっているの？」

「動き始めた、と思う」

「それでニューヨークに行くのね？」

「そうだ」

ジェッシイが、グラスの中の氷をカチャカチャ言わせた。サニーがワインを啜った。ロージーが、サニーの腰の後ろの自分の居場所から顔を上げた。

「これからどうするつもり、ジェッシイ？」サニーが言った。

「ジェンのことか？」

「ええ」サニーが言った。「もちろん、彼女のことよ」

「ロイドに彼女の跡をつけ回すようなことはさせない」

「もちろん、あなたはそうするわ」サニーが言った。「それから？」

ジェッシイは、スコッチを飲み、それがゆっくり喉を通っていく間、頭を後ろに傾け目を閉じていた。

「もし俺が」ジェッシイが言った。「サニー、結婚してほしいと言ったら、きみは何て言う？」

「とても嬉しいって言うわ」

「そして、イエスって言うかい？」

サニーは、しばらく黙っていた。

それから、言った。「ノー」

「なぜなら？」

「なぜなら、リッチーをあきらめきれないから」

ジェッシイが頷いた。スコッチの残りを飲み干すと、空《から》のグラスを小さなテーブルの上に置いた。

「それが人生だな」ジェッシイが言った。

52

ローリー・ウィークスは、ウォルトン・ウィークスと一緒に住んでいたコンドミニアム、ヴィリッジにまだ住んでいた。ペリー・ストリートの最西端にそびえる新しくてピカピカの高層建築で、ハドソン川の素晴らしい景色が眺められる。ジェッシイは、スーツと一緒に建物の外に立っていた。

「俺たちには、とても住めませんね」スーツがガラスのタワーを見上げながら言った。

「無理だな」ジェッシイが言った。

「まわりの風景とうまく溶けあってますよ」スーツが言った。

「ピクニック場の売春婦みたいだ」ジェッシイが言った。

「はっきり言って、何を発見しようというんですか？」

「ローリー・ピラシック・ウィークス」ジェッシイが言った。

「それで、彼女を発見したら？」

「じっと見る」

「手がかりは、彼女だけだからですか？」

「その通り」

「それから、他にどうしていいかわからないから？」

「当たり」

「名人のもとで訓練を受けられるなんてすごいな」

「お前のその体験が羨ましいね」

五時過ぎに、アラン・ヘンドリックスがタクシーで乗りつけ、ローリー・ウィークスの建物に入っていった。六時十五分、二人が現われ、ペリー・ストリートをハドソン川から遠ざかるように歩いていった。ジェッシイとスーツが後をつけた。彼らは、グリニッジ・ストリートのレストランに入った。ジェッシイとスーツは、外で待った。九時に、二人はレストランから腕を組んで出てきて、ペリー・ストリートの最先端まで戻っていった。

「写真を撮れ」ジェッシイが言った。

スーツが数枚撮った。

二人は一緒に建物に入っていった。真夜中になっても、ヘンドリックスは出てこなかった。ジェッシイとスーツは、ホテルに戻った。

翌朝九時前に、彼らは再びローリーの住むビルの外にいた。十時過ぎ、ヘンドリックスが、昨晩と同じ服を着て出てくると、ペリー・ストリートを歩いていった。

「あいつから離れるな」ジェッシイがスーツに言った。「タクシーを探していると思う。そうだったら、やつは行かせて、お前は戻ってこい」

ジェッシイは、黄色のレンガの壁に寄りかかって、日差しを浴びながら、ローリーの建物を見ていた。十五分後に、スーツが戻ってきた。

「タクシーでアップタウンに行きました」スーツが言った。

「アップタウンとダウンタウンの区別がつくのか？」

「いいえ」スーツが言った。「でも、彼が運転手に〝アップタウン〟と言ってるのが聞こえました」

ジェッシイが頷いた。

十二時十五分前に、ローリーの建物の前にタクシーが止まり、コンラッド・ルッツが降りた。

「ははあ！」ジェッシイが言った。

「ははあ？」スーツが言った。

「署長言葉だ」ジェッシイが言った。「見習い刑事は、〝ははあ！〟と言ってはいけないことになっている」

「彼も夜を過ごすと思いますか？」

「そのうちわかるだろう」ジェッシイが言った。「写真を撮れ」

スーツがカメラを使った。

「くそっ」スーツが言った。「あと一日ここに突っ立っていたら、根が生えてしまう」

「そんなふうに思うのはわかる」ジェッシイが言った。「しかし、たいてい、根は生えないものだ」

「二人ともここに来て、ローリー・ウィークスを訪ねていないとしたら」スーツが言った。「偶然にしてはすごすぎます」

「ああ」ジェッシイが言った。「そういうことだ」

ジェッシイとスーツは外に立ち、時々、順番に二ブロック先の小さなレストランに行った。ルッツは、午後遅くまでそこにいた。彼が出てきたとき、スーツが後をつけた。

「今回は、ずっと彼についていろ」ジェッシイが言った。「どこに住んでいるか見つけだすんだ」

「彼がタクシーを拾ったら」スーツが言った。「俺も拾うんですか？」

「そうだ」

「俺、ほんとうにニューヨークのタクシー運転手に〝あのタクシーの後をつけてくれ〟って言うんですよね？」

「心配するな」ジェッシイが言った。「いずれにしたって、たぶん、運転手は英語がわからないから」

　スーツがルッツを追いかけ、ジェッシイが留まった。誰も来ず、誰も出ていかなかった。

六時にスーツが戻ってきた。

「ルッツは、パーク・アベニュー・サウスにあるホテルに滞在しています」

　彼は、ノートを取りだし、頁を開いて見た。

「ザ・W・ユニオン・スクエアです」スーツが言った。「フロントデスクの話だと、彼の宿泊予定は一カ月になっているそうです」

「カネがたっぷりあるんだ」

「ルッツは小金を貯めてたのかもしれませんよ」

「たぶんな」

「金持ちの女と知り合いなのかも」

「たぶんな」

「こっちは何かすごいことがありましたか？」

「どこかの男がウェルシュコーギーを散歩させていた」

「そりゃあ興奮しますね」

「あとはつまらないことばかりだ」

　夜の七時、ヘンドリックスがワインのボトルとフランスパンを持って現われた。

「夜のご出勤」

　ジェッシイが頷いた。

「ルッツが昼でヘンドリックスが夜ですか？」

「そうらしいな」

「すごいや！」スーツが言った。「俺たちは、ただずっとここに突っ立って見張っていますけど、何て言うんだっけ、じっと見ているのが好きなやつらがいますよね、俺は、そんな男になった気分ですよ」

「覗き魔だ」

「そうだった。俺、覗き魔のような気分になってきましたよ」

「彼らは、ずっとセックスをしていなくてもいいんだ」

「そうなんですか？」

　ジェッシイがにっこりした。

「していると考えたほうがいいかな」

「絶対そうですよ」スーツが言った。「われわれは、計画を進展させているんですか？」

「進展を待っているんだ」

「どのくらい待つつもりですか？」

「進展が見られるか、俺たちが待ちきれなくなるまでだ」

　スーツが、悲しそうに首を振った。

「情けないですね」

「わかっている」ジェッシイが言った。「しかし、いい写真が撮れた」

53

ペリー・ストリートに立ちつくして三日目の朝、ルッツが現われなかった。昼になるとジェッシイがスーツに言った。「まだホテルにいるか確かめてくれ」

スーツが、携帯電話で十分間話し、電話を切った。

「今朝、チェックアウトしました」スーツが言った。「コンシェルジェに、ラガーディア空港のデルタ・シャトルまでリムジンの手配を頼んでます」

「じゃ、ボストンかワシントンに行くつもりだ」ジェッシイが言った。

「コンシェルジェもそう言ってました」スーツが言った。「その二カ所にしか飛ばないそうです」

ジェッシイが微笑んだ。

「その件でモリイに電話して」彼が言った。「ルッツがまたランガムにチェックインしたか調べてもらうんだ。もし、チェックインしてなければ、他のホテルにも当たるように」

スーツが電話をかけた。

電話が終わると、彼がジェッシイに言った。「コンシェルジェって、正確に言うと何ですか？」

「コンシェルジェとホテル客の関係は、お前と俺の関係のようなものだ、スーッ」

「かけがえがないということですね？」

「そんなところだろう。モリイは折り返し電話してくるのか？」

「ええ」

「そいつにかかってくるのか？」

「そうですよ」

「モリイの電話を待っている間に、ヒーリイを呼び出してくれないか。彼が出たら、俺に替わってくれ」

「俺が、署長のコンシェルジェだと言ってもいいですか？」

「電話をかけるだけでいい」ジェッシイが言って、電話番号を読み上げた。「管轄権の問題で、ニューヨーク・シティのお巡りの助けが必要になるんだ」

「それで、ヒーリイが役立つと思うんですか？」

「地元の分署にふらりと入って、俺がマサチューセッツ州パラダイスの警察署長だと説明するよりもいいだろう」

「そう言えば、彼らが感心すると思わないんですか」

「そのはずだが」ジェッシイが言った。「そうならない時もあるんだ」

スーツがヒーリイに電話をかけ、ヒーリイが出ると「ストーン署長に替わりますのでお待ち下さい」と言って、ジェッシイに電話を渡した。

「ストーン署長に替わりますのでお待ち下さい、だって？」ヒーリイが言った。

「ストーン署長に替わりますのでお待ち下さい」と言って、ジェッシイに電話を渡した。

「スーツケース・シンプソンだよ」ジェッシイが言った。「一人で面白がっているんだ」

「俺もだ」ヒーリイが言った。「用件は何だい？」

ジェッシイが、彼に説明した。

「わかった」ヒーリイが言った。「二、三、電話してみよう」

ジェッシイが電話をスーツに返し、スーツは電話を切ってしまった。ウェルシュコーギーが再び通りかかった。今度は二人の男を散歩させていた。ローリーはコンドミニアムから出てこなかった。

「彼女はあそこで何をしているんでしょうね？」スーツが言った。「ルッツかヘンドリックスとやってないときは」

「景色を見ているのさ」

三時十五分、モリイが電話してきて、ルッツが間違いなくランガムに戻り、月末まで滞在することになっていると報告した。

「彼は、ここで月末まで滞在することになっていたのに」スーツが言った。

「ホテルにチェックインすると、普通は、いつまで滞在するかきかれるんだ」ジェッシイが言った。「もし、はっきりしなければ、適当な日付を言うことになる」

「それよりも早くチェックアウトしたら、どうなるんです?」

ジェッシイが、再び微笑した。

「客を捕虜にすることはできないんだ」

54

ヒーリイは、ローザ・サンチェスを知らなかった。しかし、彼女の部長を知っている人を知っていた。彼女の部長は、ヒーリイを六分署の分署長に紹介し、分署長が彼女にジェッシイを担当させた。ローザは二級刑事だった。背はあまり高くなく、けっこうスリムで、黒髪とオリーブ色の肌をしている。完璧な英語の背後に情熱的なヒスパニック訛りがかすかに感じられた。

彼らは、六分署で彼女と会った。

「分署長によりますと」西十丁目を歩きながら、彼女が言った。「あなたがわたしを必要とされている限り、わたしはあなたのものです……職業的な意味ですけど」

「一番新米の刑事なんですか？」ジェッシイが言った。

「ええ」

「じゃ、こういう雑用をみんな引き受けるんですね？」

「そうなんです」彼女が言った。「大都市でこの仕事をしたことがありますか？」

「ロサンゼルスで」ジェッシイが言った。「強盗殺人課」

「腕利き刑事？」

「当たり」

「ここから向こうへ行ったブラットンはロサンゼルス市警本部長として成果を出せると思いますか？」

「こちらのコミッショナーだった時に、もう成果を出していたでしょう」

「そうだったわ」彼女が言った。「これからの予定は？」

「ペリー・ストリートのコンドミニアムに住んでいる女性を訪ねるつもりです」

「新しい高層ビルじゃないでしょう？」ローザが言った。

「いや、そこです」

「まあ、すごい」彼女が言った。「中がどうなっているか見たくてたまらなかったんです」

「そこにいる間に、面談し、それをシンプソン警察官がこっそり録音する」

「彼のバッグに入っているあれが、テープ・レコーダーなんですか？」

「これは、ショルダーバッグです」スーツが言った。「今回の出張のために買ったんです」

「そうですか」彼女が言った。「法廷ではテープは使えませんけど」

「使うつもりはない」ジェッシイが言った。「わたしの計画では、彼女の言い分を聞き、それからボストンの男と面談をして彼の言い分を聞き、その後で、たぶん、彼らの言い分が整合しなければ……」

「テープをお互いの相手に聞かせるわけですね」

ジェッシイが頷いた。

「準備はいいか、スーツ？」

「ええ。ホテルの部屋で全部チェックしておきました。部屋に入る前に録音を始めて、バッグはチャックをかけないでおきます。テープは九十分もちます」

「あなたのファーストネームは？」

「スーツです。スーツケースの短縮形」彼が言った。「でも、これはぼくの本名じゃありません。ぼくの本当の名前は、ルーサーですけど、スーツケース・シンプソンという野球選手がいて……」

ローザが頷いた。

「そのほうが、ルーサーでいるよりずっといいわ」

「うーん」スーツが言った。「たぶん、ちょっとだけいいです」

ローザは、中くらいのヒールの黒のブーツと黒のパンツをはき、白のシャツと黄色のブレザーを着ていた。彼らがローリー・ウィークスのビルの正面玄関に着くと、彼女はブレザーのポケットに手を伸ばして警察バッジを取り出した。ドアマンの脇を通り抜けるとき、ジェッシイは、彼女の歩き方が、かすかに警察官らしい肩をそびやかす歩き方に変わったことに気づいた。彼は一人で微笑んだ。自分も同じことをしているのかなと思った。彼女がきれいで小柄なため、たぶん、目立つのだろう。

受付でジェッシイが言った。「ローリー・ウィークスさんはいらっしゃいますか？」

受付の女性が言った。「どちらさまでしょうか？」

ローザがバッジを持ち上げた。

「サンチェス刑事です」ローザがきっぱりと言った。「ニューヨーク市警です」

受付の女性は、電話をかけてから、彼らをロージー・ウィークスの部屋まで連れていった。エレベーターの中で、スーツがショルダーバッグの中に手を入れ、テープ・レコーダーのスイッチを入れた。ローリーのアパートは、その階に二軒しかないアパートの一つだった。ドアを開けたローリーの顔は、心配そうに見えた。しかし、警官が訪ねてくれば、誰でもたいていそんな顔をすると、ジェッシイは思った。

「あら」ジェッシイの顔を見て、彼女が言った。「あなただったの。どういうことですか？」

「話し合う必要がありまして」ジェッシイが言った。「シンプソン巡査は覚えていらっしゃいますね。こちらはサンチェス刑事です。ここはニューヨークですから、この部屋では、彼女が法の執行官です」

ローリーは、ドアから離れた。受付の女性は、興味を持ったらしかったが、誰も彼女に説明してくれそうもないと悟って、静かにエレベーターの方に戻っていった。ジェッシイは、巨大な見晴らし窓がある巨大なリビングに入っていった。

「どういうことなんですか？」ローリーが言った。「何か悪いことですか？」

「いいえ」ジェッシイが言った。「新たな情報が入ったので、その解釈をお手伝いいただけるかと思いまして」

「喜んでやってみますわ」

「それはよかった」ジェッシイが言った。

55

ローザ・サンチェスは、大きなガラスの壁の前に立って景色を見ていた。スーツは、ノートを持ってグリーンと金色のブロケードの椅子に腰をかけ、ジェッシイは大きなグリーンのレザー・ソファの片側に、ローリーがその反対側に座った。彼女は、白地に大きな赤い花柄模様の、丈の短いサマードレスを着ていた。脚を組むと、太股が露わになった。

〝なかなかいい腿をしている〟

「あなたの結婚前の名前は、ローリー・ピラシックですね」ジェッシイが言った。

「どうしてわかったのですか？」ローリーが言った。

「高度な捜査テクニックです」ジェッシイが言った。「それから、あなたは一九九〇年八月二十六日にウォルトン・ウィークスと結婚した。ボルティモアで」

ローリーが頷いた。彼女の目は大きく見開かれ、唇はかすかに開いて光っていた。彼女は、下唇を舌の先で触った。

「ハーバー・コート・ホテルでした」ジェッシイが言った。

ローリーが再び頷いた。

「そうです」彼女が言った。「とても素敵でしたわ」

ジェッシイが彼女に微笑みかけ、頷き返した。

「もちろん、そうでしょう」ジェッシイが言った。「その結婚は、あなたにとって最初の結婚でしたか？」

ローリーが目をパチクリさせた。口はかすかに開いたままで、下唇の上で舌の先が出たり入ったりしている。

「何ておっしゃったの？」ローリーが言った。

「あなたにとって最初の結婚でしたか？」

またもや、沈黙と、落ち着きのない舌の動き。ジェッシイは待った。サンチェス刑事は、依然として川の景色をじっと見つめ、スーツは、黙ってノートに書きこみをしている。

「二度目です」ローリーが言った。

「どのくらい前ですか？」

「前？」

「ウォルトン・ウィークスと結婚するどのくらい前に、前のご主人と離婚なさいましたか？」

「まあ、覚えていませんわ。昔のことですもの」

「あなたの離婚が認められたのは、ラスベガス。そこに居住して六週間後の一九九〇年八月十五日のことです」

「なぜこんなことをしているのです？」ローリーが言った。「なぜこんな質問をして、わたしを騙そうとしているんですの？」

「あなたに正直になるチャンスを与えようとしているのです」ジェッシイが言った。「最初のご主人のお名前は？」

ローリーが突然立ち上がり、両手を腰に当ててジェッシイの前に立つと、彼の方に微かに身体を倒した。

「コンラッド・ルッツ」彼女が言った。「わかった？　これがあなたの聞きたかったことでしょ？　わたしは、コンラッド・ルッツと結婚していたわ」

景色を眺めていたローザ・サンチェスが振り返り、腕を組んでローリーを見た。スーツは、そのままノートをつけていた。

「それが縁でウォルトン・ウィークスに出会った」ジェッシイが言った。

「だから？」

「それについて話してください」

「話すことなんてありません。コンラッドとわたしの関係は、もうお終《しま》いになっていて、ウォルトンとわたしの関係が始まろうとしていたんですわ」

「重なりましたか？」

「そういうこともありますわ」

「コンラッドはどう思ったのでしょうか？」

ローリーが言った。「わたしたちがもう終わったことを、知っていました」

「それでは、結婚が破れたのは、ウィークスのせいではないんですね？」

「ええ」

「じゃあ、なぜですか？」

「どうしてそんなことを気にするんです？」

ジェッシイが微笑んだ。

「高度な捜査テクニックです」彼が言った。「まあ、すべての基礎的事実を洗っているだけですよ」

ローリーが頷いた。

「で、最初の結婚が破れた理由は何ですか？」ジェッシイがきいた。

「退屈だったんじゃないかしら……それから……」ローリーが言いよどんだ。

「それから？」

「あのう、どう言えば、ひどい言い方にならずにすむかしら」

「われわれは、あなたを裁いたりしません」

「わたしは……あなたが考えていらっしゃるかもしれないような優雅な環境の出ではないのです」ローリーが言った。「若かった時、警察官との結婚は、胸がときめくものでした」

「何歳になってもそうですよ」ジェッシイが言った。

「でも、そのうち、彼はウォルトンのところで働くようになりました」ローリーが言った。

部屋の向こうで、サンチェスが微笑した。

「わたしは、今までとは別の世界に入り、別の人々と出会うようになりました。そして……警察官との結婚に胸がときめかなくなったのです」

「あるいは、ボディガードとの結婚に」

「ええ、ボディガードとの結婚に」

「ルッツは、そのことを気にしていなかったのですか？」

「あのう、おそらく、もちろん、気にしていたに違いありませんわ」

「ウィークスと結婚したときは、どうですか？」

「そうですね、たぶん」ローリーが言った。「嫌だったでしょうね」

「しかし、ウィークスのボディガードを辞めなかった」

「ええ」

「なぜですか？」

「いい仕事でしたから」

ジェッシイが頷いた。

「彼は、ウィークスを殺し、公園の木に吊るすほど嫌がっていたと思いますか？」

「まあ、何てこと」

ジェッシイは待った。ローリーの舌が下唇を軽く打っていた。

「まあ、何てことでしょう」ローリーが再び言った。

「どう思います？」ジェッシイが言った。

「ええと、わたし、あのう……もちろん、コンラッドには暴力的なところがありました。警察官だったし、ボディガードですし。銃を携行していて……」

「もしかして？」ジェッシイが言った。

「コンラッドには力がみなぎっていました」ローリーが言った。「溢れるほどの情熱も」

「つまり、彼がやったかもしれないとおっしゃるんですね？」

「コンラッドだったかもしれません」

彼らは、黙った。

しばらくしてローリーが言った。「コンラッドだったかもしれません」

「彼がなぜこんなに長く待ったのか、心当たりでも？」

ローリーは、かすかに驚いたように見えた。

「こんなに長く？」彼女が言った。

「あなたはウィークスと一九九〇年に結婚なさいました」

「コンラッドならそういうこともありえますわ。とても辛抱強くて、とても計算高く、とても冷たい人です」

「しかし、力強くて情熱的」ジェッシイが言った。

「ええ」

「これまでの間ずっと辛抱強く計算高かった彼が」ジェッシイが言った。「なぜ今になって行動を起こしたのか、何かお考えがありますか？」

「わたし……たぶん、ウォルトンが彼を馘首《くび》にしようとしていたからですわ」

「それをご存じだったのですか？」

「ウォルトンが、そのことを考えているとわたしに言いましたから」

「理由は言いましたか？」

「いいえ。ただ考えているとだけ」

「どうせいい仕事を失うなら」ジェッシイが言った。「ウィークスを殺してもかまわないでしょう」

「あのう」ローリーが言った。「それで筋が通りますわね」

「それから、あの女は？」

「たぶん、彼女に見られたために、やらなければならなかったんじゃないかしら」

「なるほど、いい考えですな」ジェッシイが言った。「最近、彼によくお会いになりますか？」

「あまり。ウォルトンが亡くなってからは」

ジェッシイが頷いた。

「他に話してくださることはありませんか？」

「ただ、コンラッドのことは考えてもみませんでした」

「だが、今は考えていると？」

「考えるのも嫌ですが、でも、つじつまが合うような気がして」

「ええ」ジェッシイが言った。「確かに」

56

「ルッツとヘンドリックスに交互に会っているのを見たと、どうして言わなかったんですか?」西十丁目の署の近くでコーヒーを飲んでいるときに、スーツが言った。

「後でも訊けるからな」ジェッシイが言った。「彼女の話がどこまでルッツと整合するか、ちょっと興味があったんだ」

スーツが、ショルダーバッグからテープ・レコーダーを出して、テーブルの上に置いた。再生ボタンを押した。

〝ただ、コンラッドのことは考えてもみませんでした〟ローリーが言った。

〝だが、今は考えていると?〟ジェッシイの声。

〝考えるのも嫌ですが〟とローリー。〝でも、つじつまが合うような気がして〟

スーツが、停止ボタンを押した。

「ちゃんと録音されているか確かめたかっただけです」彼が言った。

「そのルッツとかいう男に、適当な箇所を選んで聞かせるつもりですか?」ローザが言った。

「そうです」ジェッシイが言った。

スーツが頷いた。

「それに写真もあるんです」スーツが言った。

「千の言葉に値する」ジェッシイが言った。

「そのルッツという男が殺人犯だと思っているのですか？」ローザが言った。

「おそらく」

「あの女が彼に加担していると？」

「たぶん」

「それで、彼女を利用して彼を動揺させ白状させるつもりなんですね？」ローザが言った。

「そうです」

「そして、彼女を動揺させるために彼を利用する？」

「ええ」

「彼らが犯人だと思っているんですね？」

「彼女は、話し合いを始めてから、ありとあらゆることに嘘をついています。彼も、あなたがさっき聞いていたわたしと彼女の話を、何一つ教えてくれたことがありません」

「だからと言って、彼らがやったことにはならないことは、わたしたち二人ともわかっていますよね」

「同時に、彼らがやらなかったことにもならないことも、わかっている」ジェッシイが言った。

「その通りです」ローザが言った。「容疑の根拠になりますね」

「彼女は、ウィークスが彼女と離婚しようとしていることを言わなかった」スーツが言った。

「死んだ旦那さんのことですか?」ローザが言った。「あのトークショーに出てくる人?」

「そうです」ジェッシイが言った。

「離婚は彼女にとって有利になるんですか?」ローザが言った。

「いや」

「お金がもらえない?」

「十分な額ではない」ジェッシイが言った。「彼と一緒に死んだ女と、生まれなかった子供に行くことになっていた」

「あらまあ」ローザが言った。「動機になりますね」

「おそらく」ジェッシイが言った。

「でも?」

「でも、そこでルッツがどんな役割を果たしているか、見つけださなければならない」ジェッシイが言った。「彼女が一人でやれたとは思わない。彼が彼女のためにやったのなら、いったいどういうわけなんだろう?」

「彼は、彼女と会っていましたよ」スーツが言った。

「それなら、ヘンドリックスもだ」ジェッシイが言った。

「ヘンドリックスって誰ですか?」ローザが言った。

ジェッシイが説明した。

「彼は、彼女と、ローリーでしたっけ? 関係があるんじゃないかしら?」

「そんなふうに聞いています」

「それに写真もあるんです」スーツが言った。

「スーツが写真を撮る」ジェッシイが言った。「大いに自慢してますよ」

「やりがいのある仕事……」スーツが言った。

「彼も加担していると思いますか?」ローザが言った。

「ヘンドリックスですか? わかりません。でも、彼を外すことはできません」

ローザがバッグから名刺を出してジェッシイに渡した。「またわたしが必要になりましたら、電話を下さい。副署長が、何かが持ち上がらない限り、必要なときは、あなたのお手伝いをするようにと言ってましたから」

「ありがとう、ローザ」ジェッシイが言った。

「面談のやり方を見させていただいて、よかったわ。スムーズで、感じがよくて、彼女にしゃべらせて、それから、善人に見える方法と、たとえ罪があっても、非難の矛先を変える方法を教えてましたよね」ローザが言った。「あなたは、とても優秀だわ」

「気づいてくれてありがとう」ジェッシイが言った。

「彼女は、夫と夫の彼女、そして、生まれてもいない子供を殺したかもしれない」ローザが言った。「それから、男の共犯者が二人いて、両方と関係を持っているのかもしれない」

「それなのに、チャリティ・パーティによくいるみたいな若くて美しい箔付けワイフみたいな顔をしている」ジェッシイが言った。

「容貌には騙されやすいわ」ローザが言った。

「しかし、いつかはばれる」ジェッシイが言った。

57

モリイが、ルッツをジェッシイのオフィスに案内してきた。〝疲れているようだ〟とジェッシイは思った。

「来てもらってわるかったな」ジェッシイが言った。

ルッツが頷き、腰を下ろした。モリイが出ていった。

「はっきり言っておくが」ジェッシイが言った。「きみは苦しい立場にある」

ルッツは、何の反応も見せなかった。

「これから、われわれが知っていることを言おう。われわれは、きみが警察官だったことを知っている。きみが、かつてウィークスを公共の場での猥褻行為で逮捕し、その後、彼のボディガードになったことを知っている。きみが、かつてロレイン・ピラシック、現在のローリー・ウィークスと結婚していたことを知っている。彼女がウィークスと結婚する十一日前に、ラスベガスで即席離婚をしたことを知っている。きみがこの夫婦の激変を乗り越えたらしく、引き続きウィークスのもとで働いてきたことを知っている。われわれは、きみがニューヨークで彼女と会ったばかりで、彼女との関係を、どう見ても親密そうだが、続けていることも知っている」

ルッツはしゃべらなかった。椅子にまっすぐ腰掛け、腕を組んでいる。無表情だ。

「われわれは、ケアリー・ロングリーがウィークスの子供を宿していたことを知っているし、ウィークスが、死ぬ直前に、ローリーとの離婚手続きを開始していたことも知っている。これは、離婚が成立すれば、彼の財産はすべてケアリーと生まれてこなかった子供に行くことを意味している」

ルッツはじっと動かなかった。ジェッシイを警察官らしい無表情な目つきで見ている。こういう目つきは、ジェッシイもはるか昔にマスターしている。警察では、警察バッジと一緒にこの目つきも発行しているみたいだ。モリイでさえ、必要となれば、やれるのだ。

「われわれは、きみが警察官だったことを知っている。だから、きみが銃の撃ち方を知っていると思う。また、冷蔵庫を何度にして死体を保存すれば、検死官の結論をめちゃくちゃにできるかという知識も持っていると考えている。われわれは、きみが、大きくて強い男だし、もし必要ならば、死体を引きずっていき、公園の木にぶら下げることもできることを知っている。それから、以前警察官であったきみは、そうすれば、なぜ殺人の捜査が混乱するか、他の人よりもよくわかっている可能性がある」

ジェッシイは、コーヒーカップを持ち上げ、空っぽなのを見て、お代わりを入れるために立ち上がった。

「コーヒーはどうかね？」ジェッシイがルッツに言った。

ルッツは首を振った。ジェッシイは、コーヒーに砂糖とコンデンスミルクを入れてかき回すと、自分の机に持ってきた。

「今言った点について話し合う気があるかね？」ジェッシイが言った。

ルッツが首を振った。

「ローリー・ピラシックとの関係についてはどうだ？」

ルッツが首を振った。ジェッシイは肩をすくめた。机の引き出しからテープ・レコーダーを出して机の上に置き、再生ボタンを押した。それは、ニューヨークでローリーと面談したときにスーツがとったテープだ。

〝ルッツは、そのことを気にしていなかったのですか？〟ジェッシイの声。

〝あのう、おそらく、もちろん、気にしていたに違いありませんわ〟ローリーの声。

〝ウィークスと結婚したときは、どうですか？〟

「誰の声かわかるな」ジェッシイが言った。

ルッツは答えなかった。

〝そうですね、たぶん〟ローリーが言った。〝嫌だったでしょうね〟

〝しかし、ウィークスのボディガードを辞めなかった〟

〝ええ〟

ルッツは、完全に黙秘したまま、テープを聴いていた。

〝彼は、ウィークスを殺し、公園の木に吊るすほど嫌がっていたと思いますか？〟ジェッシイの声。

〝まあ、何てこと……もちろん、コンラッドには暴力的なところがありました。警察官だったし、ボディガードですし。銃を携行していて……コンラッドだったかもしれません〟

ジェッシイは、テープを最後まで回すと、止めて、巻き戻しのボタンを押した。ルッツは無表情だった。

「彼女は、きみがウィークスと彼のガールフレンドを殺したと思っているようだ」

ルッツは身じろぎ一つしなかった。

「彼女は上手だったよ。躊躇し、目を伏せ、きみも知っているだろう、舌の先で何度も下唇を舐めた。しかし、非常に控えめに、そして、しとやかに、殺人者はきみだと密告したんだよ」

ルッツがかすかに動いた。ジェッシイには、彼が頷いたのか、それとも上体をわずかに揺らしたのかわからなかった。

「もう一度テープを聴くかね？」ジェッシイが言った。

ルッツが首を振った。ジェッシイは、スーツが撮ったローリーとヘンドリックスの写真の縦八インチ横十インチに拡大したものを二、三枚取り、ルッツの方に押し出した。

「きみは、最近ニューヨークでローリーと一緒に午後を過ごしたな。ところが彼女は、夜をアラン・ヘンドリックスと過ごしたんだよ」

ルッツは、写真の方に身体を動かさなかった。しかし、座っているところからその写真が見えることは、ジェッシイにわかっていた。ルッツは、写真の方をぼんやりと見つめていた。それから、何も言わずに立ち上がり、向きを変えてジェッシイのオフィスから出ると、そのまま歩き去った。

58

モリイが、アップルパイが二つ載ったペーパープレートを持って入ってきた。

「彼を拘束したかったんじゃないんですか？」モリイが言った。

彼女が、ペーパープレートをジェッシイの前に置いた。ジェッシイが、ぼんやりとパイの一つを取った。

「これまでに、どんな犯罪でもいいんだが、犯したという証拠が一つもないんだ」ジェッシイが言った。

パイを一口食べた。

「前妻が、彼なら、やれただろうって言ってるんでしょう」モリイが言った。

ジェッシイがパイを嚙み、飲みこんだ。

「美味い」彼が言った。「しかし、実際にやったとは言ってない。あのテープを聴けば、アメリカの弁護士なら誰でも、俺が彼女を誘導したということはわかるさ」

ジェッシイが、もっとパイを食べた。

「それに」モリイが言った。「必要となれば、彼は彼女がやったと主張できるし、彼女だって彼がやったって言い張ることができる。そうなれば〝合理的な疑い〟が生じますね」

「だから、俺は彼を拘束しなかった」ジェッシイが言った。「このパイは実にうまい。デイジー・ダイクのところで買ったのかい？」

「わたしが焼きました」

「これを焼いたのか？」

「ええ、そうですよ。りんごの皮をむいて、パイ皮を作って、シナモンを加えて、砂糖を入れて、たたんで、オーブンに入れたんです」

「いやあ、パイはドーナッツのようなものだろう。そう見えるんだ。誰かが手作りするなんて考えもつかない」

「わたしが作ったんです」

「すごいな」ジェッシイが言った。「妻で、母で、警察官で、パイ職人」

「さらに、本署のセックス・シンボル」

ジェッシイがパイを食べ終わった。

「モリイ、格下げするつもりは毛頭ないが、きみは署内でただ一人の女性だ」

「男たちの中にゲイがいなければね」

ジェッシイが頷いた。

「でも、ここの人たち、どう見てもゲイではなさそうですね」

ジェッシイが再び頷いた。

「ま、無意味な名誉かもしれないわ」モリイが言った。「でも、名誉であることには変わりないわ。だから、本署のセックス・シンボルであることを主張します」

「もう一つ食べてもいいかな？」ジェッシイが言った。

「どうぞ」

「特に俺のために作ってくれたのかい？」

「いいえ。夫と子供たちのために作ったんです。でも、あなたのために二つとっておきました」

「きみの言うとおりだ。人は手に入る名誉は手に入れるものだ」

「それから、ここの連中の中には隠れたゲイが二、三人いるかもしれません。だとすると、あなたが、署のセックス・シンボルですよ」

「そんな話は聞きたくないね」ジェッシイが言った。

59

ジェッシイは、プルーデンシャル・センターにあるティモシー・ロイドのコンドミニアムのフロント・ドアのベルを鳴らし、覗き穴の前に警察バッジをかかげた。しばらくしてドアが開いた。

「パラダイス署長のジェッシイ・ストーンです。話があります」

「マサチューセッツ州のパラダイス？」

「そうです。入ってもいいですか？」

「ええ。どうぞ。何ごとです？」ロイドが言って、ドアから離れた。ジェッシイが、中に入り、ドアを後ろ手に閉めた。バッジをシャツのポケットに押しこんだ。

「俺は、ジェン・ストーンの前夫でもあるんだ」

ロイドが、ちょっとひるんだ顔を見せたとき、ジェッシイの左のストレートが彼を強打した。ロイドは、二歩さがったが、ジェッシイに向かって突進してきた。ジェッシイは、左のフック、次いで右のフックで彼を迎え打った。ロイドは、うしろによろめき、尻を着いた。

「あんたが、ここへ来て、こんな真似をしていいっていう法はないんだ」ロイドが言った。

人が危険な目にあったときに言う言葉には、ジェッシイはいつも驚かされる。

「いや、ある」ジェッシイが言った。「今、現にやったばかりだ。それに、毎日でもやれるんだ。われわれが思慮深く生産的な話し合いをしない限り」

ロイドはあわてて、尻を着いたままジェッシイから後退ると、急いで立ち上がった。ジェッシイには、彼の目が武器を求めて動いているのが見えた。ロイドは、真鍮製のろうそく立てをダイニングルームのテーブルから取りあげると、ジェッシイをめがけて殴りかかってきた。ジェッシイは、ロイドの一撃を左の前腕でかわすと、髪の毛を摑んで、彼の勢いを利用し、頭から壁に激突させた。ロイドは、ろうそく立てを放し、膝をついたが、そこで何とか立ち上がろうとした。彼は、ジェッシイが思っていた以上の何かを持っていた。ジェッシイがやらなければならないことは、ロイドが持っているものがなんであれ、取り上げることだった。彼は、ロイドの腹を蹴った。ロイドは悲鳴を上げ、床にバッタリと倒れ、苦痛のあまり、胎児のように身体を二つに折った。ジェッシイは、フロント・ドアの近くにある赤革の肘掛け椅子のところに行って座り、黙っていた。ロイドは床の上で身体を二つに折ったまま、時折静かなうめき声を上げていた。

ジェッシイは、何か神経を苛立たせるものを、かすかに意識した。耳を傾けた。アパートのどこかでテレビがついているのだった。何を言っているのかはわからない。しかし、その音から、お笑い番組であることがわかった。

しばらくして、その場の唯一の音が、遠くの不明瞭なお笑いだけになり、ロイドは床の上で呻《うめ》かなくなった。

「ぼくは、奥さんに何にもしていない」彼が言った。

「あとをつけ回していたじゃないか」

「ぼくは一度も……」

「議論するために来たのではない」ジェッシイが言った。

彼は、立ち上がって、ロイドが倒れているところに行き、腰から銃を抜いて前屈みになり、銃口をロイドの鼻梁に押しつけた。

「今後、一度でも彼女をつけ回したり、どんなことであれ彼女を悩ませたり、彼女と関わりをもつようなことをすれば、お前を殺す」

「何ていうことだ、ストーン」ロイドの声がたっぷり一オクターブ上がっていた。

ジェッシイが、銃を彼の額に更に強く押しつけた。

「わかったか？」

「わかった、何ていうことだ、わかったよ。約束する。もう二度と彼女には近寄らない。約束する」

ジェッシイは、銃をロイドに押しつけたまま、しばらくじっと立っていた。空気が肺を出入りするのが感じられた。広背筋が丸まるのが感じられた。銃の発射に伴う衝撃を実際に感じたような錯覚を覚えた。

「お願いだ」ロイドが言った。「お願いだ。絶対、彼女を困らせるようなことはしないから」

ジェッシイは、肺が受け入れられる限りの空気を吸いこみ、ゆっくりと吐き出した。それから、身体を真っ直ぐにすると銃をホルスターにもどした。

「立て」彼が言った。「椅子に座れ。お前の言い分を聞こう」

ロイドが苦しそうに立ち上がった。ジェッシイは助けようともしなかった。ロイドは半分身体を曲げたまま、背もたれが樽形の大きな安楽椅子まで行って、そこに沈みこんだ。二人は、互いに相手を見た。

「あんたを怒らせたくない」ロイドが言った。

「簡単にやろう」ジェッシイが言った。「お前がジェンにちょっかいを出さなければ、俺は何もしない。しかし、彼女を悩ますようなことをまたやれば、殺す」

ロイドがゆっくり頷いた。

「飲み物をとってきてもいいか？」彼が言った。

「もちろん」

「あんたも飲みますか？」

「いらない」

ロイドはぎくしゃくした足取りでキッチンに行き、背の低いグラスに氷をいっぱい入れ、氷の上にジャック・ダニエルをたっぷり注いで持ってきた。腰を下ろすと、ジェッシイを見てから飲んだ。

「ほんとにいらないんですか？」

「ほんとだ」ジェッシイが言った。

「ぼくは、あのう、ジェンが大好きだった」ロイドが言った。

リビングでバーボンをオンザロックで飲むという正常さが、ロイドを少し落ちつかせたようだった。ジェッシイにはわかっていた。すぐに、そのウイスキーも助けてくれる……

〝二人の幼なじみが、ジャックをオンザロックで飲みながら、女の話をしている〟とジェッシイは思った。

「彼女もぼくが好きだと思っていた」ロイドが言った。「でも今は、ぼくに、モデルやテレビ・コマーシャルの世界に連れていってもらったり、キャリアアップにつながることをしてもらいたいだけだったと思う」

ジェッシイが頷いた。

「ぼくを利用していたんだ」

「両方欲しかったのかもしれない」ジェッシイが言った。

「どういう意味です？」

「たぶん、お前と恋仲になりたかったし、お前に助けてもらいたかった。彼女は、その二つを分けられなかったんだ」

「わからない」ロイドが言った。

「ああ」ジェッシイが言った。「お前には、たぶん、わからないだろう」

60

彼らは、夕方、町の海岸の防波堤に座り、人気《ひとけ》のない海岸越しに何もない海を眺めていた。サニーはかっこいい、と彼は思った。黒の袖無しのトップに白のジーンズ。大きなサングラスをかけている。ジェッシイは横目で彼女を見た。まっすぐ海を見つめている。何が人の顔を知的に見せるのか、彼はいまだかつてわかったことがなかった。

「ティム・ロイドと話をしたのね」サニーが言った。

「ああ」

〝たぶん、それは顔にあるのではない。おそらく、顔の奥に潜んでいる〟

「それで？」サニーが言った。

「彼は利用されたと感じたんだ」ジェッシイが言った。「彼女が、自分の成功のために彼をいいように使っていたと」

「ショックだわ」サニーが言った。「ショック、本当よ」

ジェッシイが頷いた。すでに彼女の顔を見るのをやめて、同じように海を見ていた。

「彼女をつけ回したのは、自分に力があると感じるためだったのね」

「そうなんだ」

「彼女が彼を捨てたか、彼がどう思ったか知らないけれど、そういうことがあった時に」

サニーが言った。「自分がそれほど強くないと感じたのを埋め合わせるためだったのね」

「そうなんだ」

彼らは、一緒に海を見つめた。夜が訪れ、穏やかだった。水が静かに揺れ、その表面はつやつやと滑らかな感じがした。

ジェッシイが言った。「彼と俺は、彼がジェンに近づかないということで同意した」

「ジェンは知っているの？」

「ああ。しかし、彼女がこの同意を信用しているかどうか」

「わたしが、しばらく彼を見張っているわ」ジェンが言った。「約束を守るかどうかね」

「守るよ」

「確かめても害にならないわ」

「ありがとう」

「その同意について話したとき、ジェンは何か言った？」

ジェッシイが、何もない海に向かってニッコリした。

「俺たちが闘ったかと訊いた」

サニーがゆっくりと首を振った。

「いかにもジェンらしいわね」

ジェッシイは、何も言わなかった。

「何てスリリングなの」サニーが言った。「二人の男が彼女を巡って闘うなんて」

ジェッシイは、黙っていた。

「わたしは、あなたがどんな人か知っている」サニーが言った。「闘いになれば、彼に勝ち目はないわ」

「彼は素人だからな」

「そうよ」サニーが言った。「でも、あなたは違う。悲しいことに、彼女はそれを知らないし、あなたがどんな人かも知らない」

「だが、きみは知っている」

「ええ」サニーが言った。「わたしは知ってるわ」

ジェッシイが頷いた。じっと動かずに座ったまま、サニーを見なかった。サニーもジェッシイを見なかった。二人とも眼前の穏やかな海をじっと見つめている。セグロカモメが彼らの前に舞い降りてきて、空っぽの蟹の甲羅をつついた。中身がなかった。カモメは甲羅を放し、もっといい獲物を探しに海岸をピョンピョンと飛んでいった。ジェッシイがそれを見ていた。

「彼女は知っているんだ」ジェッシイが言った。

「でも、気にかけない？」サニーが言った。

「いや、気にかけるんだ」

サニーは、まだ水平線を見続けていた。

「しかし、彼女は、また、知りもしないし、気にもかけない」ジェッシイが言った。

「精神科医にかかろうとしているわたしたちとしては、あなたに敬意を表するわ」

「俺は彼女を知っている」ジェッシイが言った。「彼女を理解することはできないが、知ってはいるんだ。しばらく前、俺は、また一緒に住もう、そうすれば問題はすべて解決すると思った。俺たちは一緒になる。彼女はそれを望んだ。俺も望んだ。しかし、うまく行かなかった」

「わたし、思っていたよりも彼女が好きだわ」サニーが言った。

「みんな、そう言うんだ」ジェッシイが言った。

「彼女は、人に望みうるものをすべて持っているのね」

「持っていないときもある」

「そういうときが、しょっちゅう」

「だが、いつもというわけじゃない」

百ヤードほど先の海岸で、セグロカモメがあきらめて飛び去った。海岸は、彼ら二人と、静かにひたすら寄せては返す波の他に何もなかった。

「彼女にはまだ精神科医がいるのかしら？」サニーが言った。「今までに何人か、かかっていたのは知ってるわ。でも、わたし、いい精神科医を知っているの。もし、彼女に行く気があるなら」

「彼女は好きなようにやるさ」

「そして、あなたは彼女がやることを一緒にやるのね」

ジェッシイは答えなかった。太陽が沈んだ。あたりは、まだ、明るかったが、海は暗くなっていた。日没時によくあるように、風が完全に凪いでいた。

「わたしたち、さよならを言うべきだと思うの」サニーが言った。

ジェッシイが、黙って頷いた。

「あなたに二度と会わないという意味ではないわ」サニーが言った。「あなたを助けないという意味でもないわ。本当は何を意味するのか、正確にはわからないけれど」

彼女は、防波堤から滑り降り、彼の前に立った。

「でも」彼女が言った。「今は、さよならと言うべき時だわ」

「そうだな」ジェッシイが言った。

声がかすれていた。彼が立ち上がった。二人は互いの身体に腕をまわした。どちらも口をきかなかった。どちらも動かなかった。夕方の薄明かりが次第に消えていくなか、死んだように動かない海のそばで、抱き合ったまま、じっとしていた。

61

モリイが、市庁舎の一室で、毎日行なうことになっている記者会見をやっている間、ジェッシイが、その部屋の後ろに立っていた。

「ウォルトン・ウィークス殺人事件に進展がありました」モリイが言った。「われわれは、二人の容疑者を特定しました。現在、情報をいくつか追っているところです。ただし、今までのところ、十分な証拠がありませんので、逮捕には至っておりません」

前の席にいたテレビ・レポーターが言った。「名前を教えてもらえますか、モル？」

モリイが微笑した。

「いいですよ」彼女が言った。「カインとアベルではいかが？」

「わたしが訊きたいのは、容疑者の名前です」

「ああ」モリイが言った。「それは駄目です。名前は教えられません」

「なぜですか？」誰かが叫んだ。

「そうしたくないからです」モリイが言った。

「逮捕はいつになると思いますか？」

「複数の逮捕になるかもしれませんよ」モリイが言った。「情報をさらに十分調べましたらすぐに」

「予定はあるんですか？」

「もちろん」モリイが言った。「できるだけ早く《ASAP》です。マージー、質問ですか？」

「知事がこの事件に積極的に関与するようになった、ということですが」女が言った。

「そうなんですか？」モリイが言った。「驚いたわ」

「知らなかったんですか？」マージーが言った。

「ええ」モリイが言った。「まったく知りません」

「この事件には政治的な意味合いがあるんですか？」男が言った。

「ここ」モリイが言った。「マサチューセッツ州で？ 想像しにくいですね」

「知事が関与しているのに、あなたは知らないと、おっしゃっているのですか？」

「わたしは、知事の関与に関しては何も言っていません」モリイが答えた。「今度の事件への知事の関与については何も知らないのですから」

「知事の関与は役立たないという意味ですか？」

「いいえ」

「では、役立つ？」

「〝知らない〟という言葉のどこが理解できないのですか、ジム？」モリイが言った。

「この事件に対する知事の立場は、どんなものですか？」

「わかりません」モリイが言った。

「知事は自分の立場をはっきりさせなかったのですか？」

「わたしは、知事と話をしたことがありません」モリイが言った。

「この事件について？」

「どんなことでも」モリイが言った。「これまで彼に会ったことがないんですから」

「ストーン署長は知事と話し合いをもたれていますか？」

「知りません」モリイが言った。

「なぜストーン署長は、記者会見に出てこないのですか？」

「出たくないようです」

「市民の知る権利はどうなりますか？」

「ストーン署長は、主として保護と奉仕に務めています」

「署長は、市民の知る権利はどうでもいいとお考えですか？」

「いいえ」モリイが言った。「あなたと同じように深く心にかけています、マリー。わたしたちみんなと同じように」

「それでは、なぜわれわれと話をしないのですか？」

「わたしにやってもらいたいからです」モリイが答えた。「わたしのほうが面白いそうですよ。あと一つだけ質問をどうぞ」

「どんな手がかりを追っているのですか？」

「われわれが手に入れたものです」モリイが言った。「みなさん、ありがとう」

モリイが記者たちをかきわけて署に戻ったときには、ジェッシイもすでに戻っていた。

「後ろにいらっしゃいましたね」モリイが言った。「記者たちの注意をあなたに向けなかったんですから、給料を上げてもらえるのかしら？」

「もっと素晴らしいことがあるぞ」ジェッシイが言った。「今の仕事を続けてもいい」

「容疑者二人の話が、知事のたわごとで葬られたりしなければいいんですけど」

「記者は嫌と言うほどいる。本物の情報がわかるやつが、二、三人はいるだろう」

「これで何かが動き出すと思います？」

「わからない。締め付け感が強くなればなるほど、何かが絞り出されてくる」

「わたしの見る限り、最善の策はじっと座って何もしないことだわ」

「それは、きみが締め付けられていると感じていないからだ」

「でも、あのくそったれの記者たちからは締め付けられていますよ」

「アイルランド人のカソリックで四人の子を持つ母親は、〝くそったれ〟なんて言わないのかと思った」

モリィがニッコリした。

「たいていは言いませんよ」モリィが言った。「でも、そういう表現を知らないわけではありません。何しろ四人の子供がいるんですから」

「覚えておこう」ジェッシイが言った。「ルッツは、少なくとも、自分がやったことを俺が知っていることを知っている。だけど、俺はまだ、彼女がどの程度関与しているか知らないんだ」

「わたしは、想像をたくましくしているわ」

「俺もだ」

「それで、容疑者とか手がかりの話を読んだら、彼らは、自分たちのことだと思うでしょうね」

「そして、たぶん、じっと座って何もしないほど利口ではないだろう。この犯罪全体からして、すでに考えすぎなんだ」

「冷蔵室や、死体の展示？」モリィが言った。「そういうたぐいのことですか？」

「俺たちは二人とも知っている」ジェッシイが言った。「結局、解決できない事件というのは、何者かが登場し、誰かを殺害し、武器を処分して、逃走するものだ。動機がない。目撃者がいない。何もない。ウィークスと愛人のこの事件は、ひどく演出過剰だ」

「だから、彼らはじっと座っていられないだろう、というわけですね」

「ローリーが関与していると思うのもそのためなんだ」ジェッシイが言った。「ルッツは、もとは警察官だ。彼ならもっと分別があるはずだ」

「今回、彼の意見が通ったら、どうなります？」モリイが言った。「彼らがじっと座っていたら？」

「俺には、二人のうちの一人か、あるいは両方がやったとわかっている」ジェッシイが言った。「遅かれ早かれ、それを証明してみせる」

モリイがジェッシイを長い間見つめていた。それから、手を伸ばして、ちょっとの間彼の頬に手を当てていた。

「そうですね」モリイが言った。「きっと、そうなりますよ」

62

ジェッシイが駐車場で車を降りると、階段の下の暗闇に誰かが蹲っているのが見えた。

ジェッシイは銃を出して脇に構えた。

「ストーンか？」その人物が言った。

「そうだ」

「ルッツだ」彼が言った。「話がある」

「わかった」

彼らはジェッシイのリビングに座った。デッキに出られるフレンチドアが開いていて、港の臭いと共に湿った夜気が入ってきた。

「飲み物はあるか？」ルッツが言った。

「スコッチでいいか？」

「もちろん。氷を入れてくれ」

ジェッシイは、ウイスキーと氷とグラスを取って、テーブルの上に置いた。

「グラスが一つだが？」ルッツが言った。

「俺はパスだ」

「大酒飲みだと聞いていたんだが」

彼は、グラスに氷を入れ、その上にウイスキーを注いだ。

「飲まない時もある」ジェッシイが言った。

彼は、ルッツと反対側のカウンターに座り、カウンターの上に銃を置いた。ルッツは気づいたとしても、気にしなかった。ジェッシイの向こうの、カウンターの後ろにかかっている大きな写真を見た。

「オジー・スミス」ルッツが言った。

ジェッシイが頷いた。

「最高だ」ルッツが言った。

ジェッシイが再び頷いた。

「親父は、ピー・ウィー・リースが一番だと言っていた」ルッツが言った。

「彼のプレーは見たことがない」

ルッツが肩をすくめた。かつてジェンがここに住んでいたとき、すべての明かりにワット量が小さい電球をつけた。もっとロマンチックになるわ、と言っていた。彼女が再び去っていった後も、ジェッシイはそれを取り替えなかった。だから、部屋は薄暗かった。ルッツが座っているテーブルの上のライトだけがついていた。それも、明るいライトではなかった。

「俺も見たことがない」ルッツが言った。「知ってるのは、親父が言ってたことだけだ」

「親父さんは、オジーのプレーを見たことがあるのか？」

ルッツが首を振った。

「早死にしてしまった」ルッツが言った。「あんたは野球をするのか？」

「する」

「オジーのようにショートか？」

「ショートだ」ジェッシイが言った。「だが、オジーのようにはいかない」

「うまかったのか？」

「ああ」

「プロ並みに？」

「怪我をした」ジェッシイが言った。「だから、それを見極めるチャンスがなかった」

ルッツがウイスキーを飲んだ。

「厳しいもんだな」ルッツが言った。

ジェッシイは待った。ルッツは黙って、またウイスキーを飲んだ。

「人生は厳しい」

ジェッシイは待った。ルッツが、もっとウイスキーを注いだ。

「結婚したことはあるか?」ルッツが言った。

「ああ」

「だが、今はしてない」ルッツが言った。

「そうだ」

「彼女とは、まだつきあいがあるのか?」

「ああ」

「なかなか切れない」

ジェッシイが頷いた。

「この仕事は気に入っているのか?」

「ああ」

「ここに来る前には、ロサンゼルスでこの仕事をしていたそうだな」

「強盗殺人課だ」

「馘首《くび》になったんだな」ルッツが言った。

「勤務中に酔っぱらった」

「妻とのトラブルは?」

「少しばかり」

ルッツがウイスキーを飲んだ。

「ほっとけば、女はあんたを酒に追いこむ」彼が言った。

ジェッシイは答えなかった。ルッツも別に彼の答えを期待していなかった。まるで、ジェッシイがそこに存在していないかのようだ。

「それで、結局ここに落ちついたわけだ」ルッツが言った。「そして、再出発をした」

ジェッシイが待ち、ルッツが飲んだ。

「そして、再出発はうまく行った」ルッツが言った。

「いまのところは」ジェッシイが言った。「なんとか」

ルッツが首を振った。

「遅すぎた」彼が言った。

「あんたには？」

ルッツが頷いた。ウイスキーのグラスを見ていた。彼には、素晴らしいものに見えたらしい。少し飲んだ。

「大失敗だった」彼が言った。「ここに持ちこんだのは」

ジェッシイが、じっと耳を傾けていた。

「とにかく、彼らをここに連れてきたんだから」ルッツが言った。「ここに捨てよう。小さな町だ。どこかの田舎警官が、どうしたらいいか頭を抱えているうちに、へまをやらかすだろう。そう考えた」

ルッツがグラスに氷を足し、また少しウイスキーを飲んだ。

「たっぷり飲んだら、もう効き目はない」彼が言った。「もう自分の感じていることを変えてくれない」

彼が再び飲んだ。

「でも、話しやすくはなるな」彼が言った。「俺は、田舎警官の代わりに、あんたと出会ってしまった」

ジェッシイが頷いた。

「俺は、どうも、あんたみたいな警官になりたかったようだ」ルッツが言った。

彼は、言いかけたまま、再びウイスキーの表面をじっと見た。まるで、そこに何か学ぶものがあるかのようだ。ジェッシイは待った。私的な解明作業を外から観察していた。邪魔はしたくなかった。

「ところが、俺は彼女に出会ってしまった。そして、ウォルトン・ウィークスにも。それから、俺は、本当に悪賢くなった。あるいは、彼女が悪になったのかもしれない。彼女は言うんだ。彼は大儲けのチャンスになるわ。公共の場での猥褻行為であなたに逮捕されたことを知られたくないはずよ。あなたを雇うように仕向けなさいよ。それで、俺は言った。何をやるんだ？　彼女は、ボディガード、と言った。彼は大物だから、ボディガードが必要よ」

ルッツは、話を中断して、飲んだ。

「そういうわけで、俺はボディガードになった」ルッツが言った。「俺たちは仲良くやっていた。彼は、結構いいやつだし、俺は過大な要求はしなかった。だから、まあうまくいった。そんなはずはないんだが。それに、俺は彼を恐喝していた。わかるだろう？」

空気が、暗闇の中で冷えてくるにつれ、重くなってきた。海の臭いが濃くなった。

「彼はいつも女を欲しがっていた。それは知ってるだろう。しばらくして、俺は、彼がローリーを狙っていると思った。案の定、ある日、彼に言い寄られたと彼女が言った。俺が、彼の尻を蹴飛ばしてやると息巻くと、彼女が、ちょっと待ってよ、バカな真似はしないでと言うんだ。わたしたち、すべてが手にはいるのよ。俺が、何のすべてだ、ときくと、ウォルトン・ウィークス、お金、ショー、そういうものすべてだと言った。ただ彼とちょっとだけセックスをすればいいんだって。俺が、それはないだろうと言うと、バカなこと言わないでと言った。彼とセックスしたって、あなたを愛していないわけではないのよ。わたしたちのためにするのよ。わたしたちは、今、ちょっとだけ頭を使う必要があるの。そう言われて、俺は彼女にノーと言えなかった。それまでも一度も言えたことがなかった。そういうわけで、俺はただ傍観するばかりで、彼女はウォルトン・ウィークスとセックスをしていた。そのうち、ウォルトンは、彼女に俺と別れて結婚してもらいたくなった。彼女は、俺に頭を使わなきゃいけないことを思い出させた。そうすれば、すべてが俺たちのものになり、俺たちは一緒になれる。だから、うまくいっている間は、このゲームを続けようと言った……ラスベガスに六週間いて、彼女はミセス・ウォルトン・ウィークスになった。俺は、時々、彼が見ていないときに彼女と一緒になるとき以外は、一人で我慢していた。そして、彼女は、これはみんな俺たちのためで、本当に大切なのは俺たちで、そのうち彼女がすべてを手に入れると言い続けた」

ルッツがウイスキーを少し飲んだ。

「俺は、昔はタフガイだった」ルッツが言った。

彼は首を振り、ゆっくりと部屋を見回した。まだ首を振っている。電話が置いてある低いテーブルにジェンの写真があった。

「あれが彼女か？」彼が言った。

「ああ」

「美人だな」彼が言った。「こういう女はみんな美人なんだ」

「彼女は確かに美人だ」ジェッシイが言った。

「あんた、まだ未練があるのか？」

「ある」

「なぜ？」

ルッツは、ウイスキーで酔っぱらった、面白くもなさそうな低い笑い声をあげた。まるで咳のようだ。

「そうやって男を放さないのさ」彼が言った。

彼は、ゆっくりと頷いた。

「そうやって男を放さないんだ」彼が再び言った。「そんなわけで、俺がうろうろしているうちに、彼女はウォルトンと結婚し、俺は相変わらず、あのくそボディガードを続けることになった。まあ、投資したものに目を光らせているってところかな？　事態はうまく行ってたんだ。ところが、ケアリー・ロングリーが現われた。ウォルトンは彼女を妊娠させ、離婚を望み、すべては子供が相続することになった……ひどい話だ」

「あれだけの時間と労力をかけ、投資をしたのに」ジェッシイが言った。

「彼女は、俺が彼らを殺さなきゃいけないと言った。これでわかったろう。俺は彼女の言うとおりにした」

「パラダイスのあの家のことは知っていたのか？」ジェッシイが言った。

「もちろん。二、三回行ったことがある。だから、あの晩、俺は彼らを連れていった。家の中を案内し」ルッツが言った。「彼らの計画について話し合うために。子供の部屋はどこにするかとかな。そうして、外へ出たとき撃ち殺した。海岸で。引き潮の時。血がすっかり流れ出るようにした。そうすれば、潮が満ちれば、血を洗い流してしまうからだ。しかし、俺はしくじったようだ」

ジェッシイが頷いた。

「冷蔵室で血を見つけたのか？」

ジェッシイが頷いた。

「もっと長い間海で血を流させておけばよかった」ルッツが言った。

「そうだな」

「どうでもいい」ルッツが言った。「あの時もほんとうに気にかけていたのかはっきりしない。とにかく、あれで最後のはずだった。そうすれば、すべては終わり、俺たちはまた一緒になれる」

「それで、検死官をごまかすために彼らを冷蔵室に保管した」

「そうだ」

「それから、われわれを混乱させるために彼を木に吊るした」

ルッツが頷いた。

「あんたは、ただ闇雲に捜査するだけだろうと踏んだんだ」

彼は、再び咳のような笑い声をあげた。

「彼は有名人だからな」彼が言った。

「女をゴミ容器に入れたのは？」

「それもしくじった」ルッツが言った。「彼女にはそのまま消えてもらいたかった。だから、すっかり覆ってやったんだ。だが、どこかのゴミ拾いが見つけてパニックを起こし、逃げたんだろう。あるいは、カモメか犬か……あるいは、俺はわざとしくじろうとしていたのかもしれないな？　精神科医が言うように？」

彼は、グラスを空《から》にし、じっと見つめた。それから、氷を足してスコッチを注いだ。

「効かない」彼が言った。「スコッチが効かない。効くものなんか何もない」

ジェッシイが頷いた。

「そして……」ルッツが言った。

彼は、スコッチを飲み、むせるような笑い声を上げた。

「やっと無事に乗り越えたと思ったら……ヘンドリックスだ」

「彼女は、フランチャイズを維持し、あんたたちの立場を堅固にするために彼と組む必要があった」

「そう、その通りだ」ルッツが言った。「あんたに言われるまで、俺たちが同じ日に彼女とやっていたとは知らなかった」

ジェッシイが頷いた。ルッツが飲んだ。

「まあ、そういうことだった」ルッツが言った。「彼女が頭脳と動機で、俺はただのお人好しさ」

「だが、男と女と生まれるはずの子供を殺した」

「そうなんだ」

「彼女のために」ジェッシイが言った。

「わかってくれて、嬉しい」ルッツが言った。

「わかるさ」ジェッシイが言った。

「たぶん、あんたもただのお人好しなんだ」ルッツが言った。

「たぶんな」ジェッシイが言った。「だからといって、お前には何の役にも立たない。お前さんは三人を殺したんだ」

「だが、何が悲劇かわかるか？」ルッツが言った。「彼女について今俺が語ったことは、あんたには何の役にもたたないんだ。俺が法廷で話さない限りな。でも、俺は話さないんだ」

「彼女の罪を被るというのか？」ジェッシイが言った。

ルッツが頷いた。

「それじゃ、なぜ俺に話した？」

ルッツが肩をすくめた。

「誰かに知ってもらいたかった」ルッツが言った。

彼は、スコッチを飲み終わり、立ち上がった。

「さあ、俺は出ていく」彼が言った。

「わかってるはずだ。お前を帰すわけにはいかない」

「あんたは銃を持ってるだろう」ルッツが言った。

「何なんだ」ジェッシイが言った。「俺にあんたを殺させる気か？」

「俺は出ていく」ルッツが言った。

「俺は、銃を使わなくても、お前を止められる」

ルッツが、ジャケットの下から銃を取り出し、当てもなく構えた。

「いや」ルッツが言った。「止められない」

ジェッシイは、カウンターの上から自分の銃を取りあげた。

「必要ならば、お前を殺す」ジェッシイが言った。

「これで事件の幕は降りるだろう」ルッツが言った。

「俺は、ローリーを追い続けるぜ」

「俺がいなければ、あんたには何もない」ルッツが言った。「どこにも彼女の痕跡はない」

ルッツは、フロント・ドアの方に後退りしていった。銃を握ったままだ。

「こんなことはしたくない、ルッツ」ジェッシイが言った。

ルッツが頷き、悲しそうに微笑した。

「だが、あんたはやる」

彼が、銃を上げ、ジェッシイを狙った。ジェッシイが、彼の中心を撃った。三回。手を固定し、心を空っぽにし、撃つことだけに集中した。ルッツがちょっとよろめいた。銃が手から落ち、さらに二、三歩後ろによろめき、そして倒れた。横向きになったまま、ジェッシイの絨毯の上で血を流して死んだ。

ジェッシイは、カウンターのそばから動かず、床の死体を見ていた。銃撃の後に響く音には、いつも啞然とする。しばらくしてから、銃をカウンターの上に置き、スツールから降りて、ルッツの倒れているところに行き、見下ろした。ルッツの顔はすべての表情を失っていた。開いたままの目は何も見ていなかった。

「お前はほんとにバカだ」ジェッシイが言った。

それから、電話機のところに行き、署にかけた。

63

ジェッシイは、デッキに一人座って、暗い港と、港の向こうのパラダイス・ネックの明かりを見ていた。ルッツは逝ってしまった。絨毯はきれいにした。記者たちもいなくなった。知事が電話してきて、祝いの言葉を言った。きれいさっぱり片づいた。彼は両足を手すりに乗せ、椅子を少し後ろに反らせて揺すった。

「ローリー・ピラシック」彼が声に出して言った。

港長の船の夜間航行灯が、港のこちら側に停泊している船の間を曲がりくねりながら、町の波止場に向かっているのが見えた。彼の背後で、開け放したデッキのドアを通し、リビングの向こうのフロント・ドアで錠をまわす鍵の音が聞こえた。鍵を持っているのは一人だけだ。すぐにドアが開いて閉まり、彼女の足音が聞こえた。

「ジェッシイ」彼女が言った。「わたしよ」

彼が片手を上げると、彼女がそれを取り、握ったまま彼の隣の椅子に腰をかけた。

「あなた、大丈夫？」

「大丈夫だ」

「ニュースで聞いたわ」

ジェッシイが頷いた。

「そのことについて話したくない？」

「あまり」

「ちゃんと眠っているの？」

「それほどは」

「あなたがどんな人か覚えているわ」

「覚えていてくれて嬉しいね」

「あなたさえよかったら、今晩ここで過ごしたいんだけど」

「それじゃ、眠れないかもしれない」

ジェンがニッコリした。

「あなたが覚えていてくれて嬉しいわ」彼女が言った。「よかったら、泊まりたいわ」

「もちろん」

「飲み物を作ってほしい？」

ジェッシイは、肺の中に透明な夜気を感じた。

「ああ」彼が言った。

ジェンがカウンターに行った。ジェッシイは、港長の船が岸に向かって曲がりくねりながら進んでいくのを見守っていた。ジェンが、ジェッシイにスコッチ、自分にシトロン・ウォッカを持って戻ってきた。彼らは、一緒に座り、飲み物を啜りながら、港長の船を見つめた。

「ニュースからは、彼がなぜあんなことをしたのかわからなかったわ」ジェンが言った。

「事件の裏に女あり《シェルシェ・ラ・ファム》」

「女のためにやったの？」

「彼はそう思っていた」

「彼女は罪があるのかしら？」

「あると思う」

「彼女も捕まえるの？」

「そうするつもりだ」

「でも、できないかもしれない」

「たぶん、できない」

「話してくれない？」

「いいよ」

ジェッシイが、ルッツが語ったことを話している間、ジェンは黙って聞いていた。

「それで、あなたが知っていることはどれ一つ使えないの？」

「証拠としては」

「可哀相な人ね」

「彼は、二人の大人と生まれるはずの子供を殺したんだ」

「彼女のために」

「だが、やったのは、彼なんだ」

「わたしたちはみんな、自分のすることに責任があるのね」

「それを信じなければ、他に何がある？」

「それは、必ずしも真実とは限らないわ」ジェンが言った。「わたしたち、二人ともそれを知っているじゃない」

「だが、それが真実であるかのように、行動しなければならないんだ」

「じゃあ、そのふりをするわけね」

ジェッシイが、スコッチを啜った。

「そうだろうな」

彼らは黙った。彼女が彼の手を握った。二人は互いに近寄って座っていたから、彼女の肩が彼の肩をこすった。彼は、彼女の髪が頬に触れるのを感じた。

「あのう」ジェンが言った。「あなたとわたしの関係には、何だかとっても変なところがあるわ」

「きみと俺の関係には、変なところがたくさんあるのさ。俺たちはめちゃくちゃだ」

「そうね」彼女が言った。「ひどい有様だわ。わたしのほうが、たぶん、あなたよりひどい」

「このひどさは、たっぷり二人分あるよ」

「でも、変なことだけど」ジェンが言った。「それが、不思議と、愛が本物だということを証明しているみたい」

「そうなのか？」

「わたしたちには別れるべき理由ならいくらでもあるけど、一緒にいるべき理由なんかまるっきりない」

「そうだな」

「でも、わたしたち、今ここでこうしている」ジェンが言った。

「今のところ」ジェッシイが言った。

「わたしたちは、なぜここにいるの？」ジェンが言った。「何かが終わるたびに、こうして一緒になるの？」

ジェッシイは、頭を後ろに傾け、目を閉じて呼吸をした。ジェンが来てから、肺が膨らんだような気がする。前よりも深く呼吸しているようだ。

「俺はきみを愛している」彼が言った。「そして、きみも俺を愛している」

「他にありうる？」ジェンが言った。

「執着？」

「いえ、愛よ」ジェンが言った。「執着的で、不正直で、自分のことに夢中で、他にも、いっぱい悪いことがる。それでも、わたしたちは愛し合っているわ」

ジェッシイが頷いた。

「わたしがあなたを愛していることはわかっているわね」ジェンが言った。

「ああ」ジェッシイが言った。「きみが俺を愛していることはわかっている」

「そして、わたしも、あなたがわたしを愛していることをわかっているわ」

「そうだ」ジェッシイが言った。「俺はきみを愛している」

二人は、しばらく黙っていた。港の向こうのパラダイス・ネックの明かりが消えようとしていた。港長の船はもうすぐ岸につく。眼下の防波堤にうち寄せる波の他に音はない。

デッキには、リビングの天井から薄暗い明かりがもれてくるばかりだ。

「わたしたちはお互いに愛しているのに、どうすることもできないのね」ジェンが言った。

「今までのところは」ジェッシイが言った。

「わたしたちのどこがいけないのかしら」ジェンが言った。「わたしたちの何が悪いのかしら？」

二人は、黙って座ったまま、港長の船がゆっくり進んでいくのを見つめていた。ジェッシイが首を振った。船が、町の埠頭の浮き桟橋にぶつかり、夜間航行灯を消した。

「たくさんある」彼が言った。「けれど、それが何なのか、あるいは、どう直したらいいのかわからない」

彼女が、彼の肩に頭を乗せて、ゆっくり頷いた。

「でも、俺たちは、その中に一緒にいるんだと思う」

「そうね」彼女が言った。「きっとそうだと思うわ」

二人は、寝室に行く前の長い間を、暗闇の中で手をつなぎ黙って座っていた。ドリンクは二つとも、テーブルの上で飲みかけのまま氷が溶けると共に薄まっていった。

解説

ミステリ評論家
三橋 曉

今年一月十九日、ロイターやAP通信などが伝えるアメリカ発のニュースが、世界中のミステリ・ファンを直撃した。すなわち、「ベストセラー探偵小説のスペンサー・シリーズで知られるアメリカの作家、ロバート・B・パーカー氏が十八日、マサチューセッツ州ケンブリッジの自宅で死去した。七十七歳だった」。（大意）

まさか作者の訃報からはじまる解説を書くことになろうとは思わなかったが、ロバート・B・パーカーの『秘められた貌』をお届けする。デビュー作にして、スペンサー・シリーズの記念すべき第一作となった『ゴッドウルフの行方』が出版されたのは一九七三年のことだから、それを起算点にするならばパーカーの作家生活は足掛け三十七年だったことになる。一九七六年の『約束の地』でエドガー賞の最優秀長篇賞に輝いているし、さらに二〇〇二年には同賞の巨匠賞も手にしているベテラン作家ではあったが、ここのところ『灰色の嵐』、『プロフェッショナル』とスペンサー・シリーズの新作がふたたび面白くなってきていた矢先だけに、その急逝が惜しまれてならない。

さて、この『秘められた貌』は、マサチューセッツ州パラダイス警察署のジェッシイ・ストーン警察署長が活躍するシリーズの第六作だが、一九九七年にシリーズの第一作『暗夜を渉る』が登場したときは、少なからず驚かされた記憶がある。というのも、それまでパーカーは、デビューから四半世紀にわたって、ごく少数の例外（ノンシリーズ三作と、チャンドラーの未完の遺作を引き継ぎ完成させた『プードル・スプリングス物語』、および『大いなる眠り』の続篇『おそらくは夢を』の二篇のフィリップ・マーロウもの）を除けば、まるで自らのアイデンティティーを貫くかのように、スペンサー・シリーズに全力を傾けてきた作家だったからだ。

新シリーズに着手した理由について、当時《パブリッシャーズ・ウィークリー》誌のインタビューに答えてパーカー自身は、執筆スケジュールの空きを埋めるため、と問いかけをいなすように語っている。晩年までの旺盛な創作意欲を考えると、それもあながちジョークではなかったのだろうし、出版社と契約上の問題もあったのかもしれないが、やはり長年付き合ったスペンサー以外の主人公を登場させるには、それなりの理由が存在したたに違いない。

この解説では、シリーズをふり返るとともに、パーカーがなぜジェッシイ・ストーンの物語を書いたかについて、少し考えてみたいと思う。まずは作品リストでシリーズ全体を眺めてみるとしよう。死後出版されたものも含めて、ジェッシイ・ストーンを主人公にした作品は（残念なことに）これがすべてである。（このほか、サニー・ランドル・シリーズの『虚栄』にも、ジェッシイ・ストーンは登場する）

1 Night Passage（1997）『暗夜を渉る』＊
2 Trouble in Paradise（1998）『忍び寄る牙』＊
3 Death in Paradise（2001）『湖水に消える』＊
4 Stone Cold（2003）『影に潜む』＊
5 Sea Change（2006）『訣別の海』＊
6 High Profile（2007）『秘められた貌』＊　※本書
7 Stranger in Paradise（2008）『容赦なき牙』
8 Night and Day（2009）『夜も昼も』
9 Split Image（2010）※ハヤカワ・ノヴェルズ十二月刊行予定

翻訳はすべて早川書房から刊行。1〜4は菊池光訳、それ以外はすべて山本博訳。＊は文庫化されている作品現時点ではまだ未紹介の作品も残されているが、こうして改めてシリーズ全体を一望すると、いくつか見えてくるものがある。まずは、今さらではあるが、このシリーズが警察小説であることだ。

スペンサー・シリーズが私立探偵を主人公にした一人称小説であることからハードボイルドと括られるのに対し、こちらは警察官を主人公にした三人称小説であることは言わずもがなだろう。第一作の『暗夜を渉る』の冒頭は、ロサンジェルス市警察を辞職したジェッシイ・ストーンが、新天地であるマサチューセッツ州のパラダイスを目指して、深夜車を走らせているシーンだった。この大西洋を臨む小さな町に警察署長の職を得たジェッシイは、就任するや自分のやり方を貫き、その結果さまざまな軋轢を生じるが、やがて署員たちをはじめとして周囲から信頼を勝ち得ていく。

警察小説のよきお手本ともいうべきマクベインの〈八七分署〉シリーズと比較すると、モジュラー型というには複数の事件の発生がやや疎《まば》らだったり、ややもすると警察の組織的な捜査活動よりは主人公ジェッシイの行動に重きがおかれたりと、やや定石を外している感もある。しかし、女性警官のモリイ・クレインや若手のスーツケース・シンプソンといった印象的な脇役たちを配するとともに、警察署長として捜査の采配をふるう主人公をしっかりと描いていることから、パーカーは自分なりの警察小説のスタイルを確立していると言ってもいいだろう。

次に、警察小説の話とはやや矛盾しているように聞こえるやもしれぬが、一作ごとに作風の変化が著しいのもこのシリーズの際立った特長のひとつに数えられる。白人至上主義の悪漢を敵にまわす第一作こそスペンサー・シリーズの延長上のようにも思えたが、続く『忍び寄る牙』は悪党パーカーも真っ青なケイパー（襲撃）小説だったし、『影に潜む』では、ボニーとクライドのサイコキラー版とでもいうべき歪んだカップルと、ジェッシイは真っ向から対決する。また、『訣別の海』はヨットレース中に起こった殺人を扱ったフーダニットだったし、なんとこの『秘められた貌』では、首吊りの状態で見つかった射殺死体をめぐるホワイダニットの捜査が繰り広げられる。

これらの作風を転じていくフットワークの軽快さは、作者のサービス精神のあらわれだろうが、さまざまな制約のあるハードボイルドという形式のもとでは、実現が困難だったに違いない。シリーズの自在なフットワークは、スペンサー・シリーズの一人称から三人称という叙述形式にスライドしたこのシリーズで、はじめて可能になったと言ってもいいだろう。

こう見ていくと、スペンサー・シリーズとの対比は、まるでジェッシイ・ストーンの物語が背負う宿命のようだが、その極めつけは、主人公らのパートナーの問題だろう。ご存知のように、スペンサー・シリーズにおけるスーザン・シルヴァマンは、単に主人公の恋人という役どころとしてだけではなく、スペンサーの内なるフェミニズムと騎士道精神を象徴するような存在として登場する。しかし、ジェッシイ・シリーズのジェニファー（ジェン）の場合、それとはまったく異なる。

再び第一作の『暗夜を渉る』に立ち返るが、そもそもジェッシイが古巣のロスをあとにして、はるばる海辺の町パラダイスにやってきた理由は、愛する妻のジェンに裏切られ、その痛手からアルコールに依存し、前職の殺人課刑事をクビになってしまったからだった。しかし、前妻と距離をおこうとする主人公の気持ちをよそに、東海岸まで彼を追いかけてきた彼女は、女優志願だったという持ち前の美貌を活かし、お天気キャスターやニュースのレポーターなどを転々としながら、何かとジェッシイを悩ませ続けるのだ。

このパートナーをめぐる対照的な女性像こそが、パーカーにジェッシイ・ストーンのシリーズを書かせた理由ではないかと実は思っている。男としての生き方やライフスタイルの理想を描いたように、女性にも夢を求めたのがスペンサー・シリーズのスーザン・シルヴァマンだったとすれば、ジェッシイ・シリーズの前妻ジェンは、あくまで現実の女性を描いてみたいという好奇心の発露だったに違いない。多少の山や谷はあったにせよ、長い歳月にわたって不変を貫くスペンサーとスーザンの関係が一種の様式美のようになっていく中、女性像にまったく別のベクトルを求めたのは作家として当然の欲求であったと思うし、男性には容易に理解できない複雑な女性の心をとことん突き詰めるために、パーカーはジェンという女性を描き続けているのだと思う。

さらにもうひとつ指摘するなら、ジェッシイ・ストーンの私生活における呆れるくらいにめまぐるしく変わっていく異性関係や、彼女たちとの恋愛関係をめぐって激しく葛藤する姿も、スペンサー・シリーズには見られなかったものだ。常にハードボイルドの精神を念頭におき、ストイシズムを押し通すスペンサーとは似ても似つかない男の在りようを晒すジェッシイ。彼のシリーズがときに男のためのロマンス小説とも呼ばれるのも、そのあたりに理由がありそうだ。

さて、スペンサー・シリーズとの比較に終始した本稿だが、結局のところ、両シリーズは、同じロバート・B・パーカーという一枚のカードの表と裏なのだろう。スペンサーとジェッシイは、互いに似て異なるものだが、その逆もまた真なりの関係にある、とでも言ったらいいのだろうか。

しかし、どちらのシリーズにも遺作とも言うべきもう一冊があったのは、読者にとっては朗報だ。マンネリを脱し、新しい境地に踏み出しつつあったスペンサー・シリーズに対して、ジェッシイ・シリーズの興味の焦点は、主人公と前妻ジェンの関係の行方にある。ラストから二作目となる『夜も昼も』では、大きな決心がいよいよ主人公を動かしたようにも受けとれたが、果たしてジェッシイの心に平安が訪れる日はやってくるのか？　最後の最後まで、このシリーズからは目が離せそうにない。

二〇一〇年七月

本書は二〇〇七年九月に早川書房より単行本
として刊行された作品を文庫化したものです。

訳者略歴　1931年生，早稲田大学大学院法律科修了，弁護士・著述業　著書『日本のワイン』『ワインの女王　ボルドー』訳書『最後の旋律』マクベイン，『訣別の海』『アパルーサの決闘』パーカー（以上早川書房刊）他多数

HM=Hayakawa Mystery
SF=Science Fiction
JA=Japanese Author
NV=Novel
NF=Nonfiction
FT=Fantasy

秘《ひ》められた貌《かお》

〈HM⑩-52〉

二〇一〇年八月十日　印刷
二〇一〇年八月十五日　発行
（定価はカバーに表示してあります）

著者　ロバート・B・パーカー
訳者　山《やま》本《もと》博《ひろし》
発行者　早川浩
発行所　株式会社早川書房
郵便番号　一〇一-〇〇四六
東京都千代田区神田多町二ノ二
電話　〇三-三二五二-三一一一（大代表）
振替　〇〇一六〇-三-四七七九九
http://www.hayakawa-online.co.jp

乱丁・落丁本は小社制作部宛お送り下さい。
送料小社負担にてお取りかえいたします。

印刷・株式会社亨有堂印刷所　製本・株式会社フォーネット社
Printed and bound in Japan
ISBN978-4-15-178652-5 C0197

＊本書は活字が大きく読みやすい〈トールサイズ〉です